說文解字弟八上

漢太尉祭酒許愼記

銀青光祿大夫守右散騎常侍上柱國東海縣開國子食邑五百戶臣徐鉉等奉

敕校定

三十七部　六百一十一文　重六十三

凡八千五百三十九字　文三十五新附

人　天地之性最貴者也此籒文象臂脛之形凡人之屬皆从人如鄰切

僮　未冠也从人童聲徒紅切

保　養也从人从孚省孚古文孚博褒切　𤓽　古文保　𠊷　古文保不省

仁　親也从人从二臣鉉等曰仁者兼愛故从二如鄰切　忎　古文仁从千心　𡰥　古文仁或从尸

企　舉踵也从人止聲去智切　𨀕　古文企从足

仞　伸臂一尋八尺从人刃聲而震切

仕　學也从人从士鉏里切

佼　交也从人从交下巧切

僎　具也从人巽聲士勉切

俅　冠飾皃从人求聲詩曰弁服俅俅巨鳩切

佩　大帶佩也从人从凡从巾佩必有巾巾謂之飾臣鉉等曰今俗別作珮非是蒲妹切

儒　柔也術士之稱从人需聲人朱切

俊　材千人也从人夋聲子峻切

傑　傲也从人桀聲渠列切

⿰亻軍　人姓从人軍聲吾昆切

伋　人名从人及聲居立切

伉　人名从人亢聲論語有陳伉古浪切

伯　長也从人白聲博陌切

仲　中也从人从中中亦聲直衆切

伊　殷聖人阿衡尹治天下者从人从尹於脂切　𠇣　古文伊从古文死

偰　高辛氏之子堯司徒殷之先从人契聲私列切

倩　人字从人青聲東齊壻謂之倩倉見切

伃　婦官也从人予聲以諸切

伀　志及衆也从人公聲職茸切

儇　慧也从人瞏聲許緣切

倓　安也从人炎聲讀若談徒甘切　𠊓　倓或从剡

侚　疾也从人旬聲辭閏切

傛　不安也从人容聲一曰華余隴切

僷　宋衛之間謂華僷僷从人葉聲与涉切

佳　善也从人圭聲古膎切

侅　奇侅非常也从人亥聲古哀切

傀　偉也从人鬼聲周禮曰大傀異公回切　瓌　傀或从玉褢聲

偉　奇也从人韋聲于鬼切

份　文質僣也从人分聲論語曰文質份份府巾切　彬　古文份从彡林林者从焚省聲臣鉉等曰今俗作斌非是

僚 好皃。从人尞聲。力小切

佖 威儀也。从人必聲。詩曰：威儀佖佖。毗必切

僝 具也。从人孨聲。讀若汝南涍水。虞書曰：旁救僝功。士戀切

儠 長壯儠儠也。从人巤聲。春秋傳曰：長儠者相之。良涉切

儦 行皃。从人麃聲。詩曰：行人儦儦。甫嬌切

儺 行人節也。从人難聲。詩曰：佩玉之儺。諾何切

倭 順皃。从人委聲。詩曰：周道倭遲。於爲切

僓 嫺也。从人貴聲。一曰長皃。吐猥切又魚罪切

僑 高也。从人喬聲。巨嬌切

俟 大也。从人矣聲。詩曰：伾伾俟俟。牀史切

侗 大皃。从人同聲。詩曰：神罔時侗。他紅切

佶 正也。从人吉聲。詩曰：既佶且閑。巨乙切

俁 大也。从人吳聲。詩曰：碩人俁俁。魚禹切

仜 大腹也。从人工聲。讀若紅。戶工切

僤 疾也。从人單聲。周禮曰：句兵欲無僤。徒案切

健 伉也。从人建聲。渠建切

倞 彊也。从人京聲。渠竟切

傲 倨也。从人敖聲。五到切

仡 勇壯也。从人气聲。周書曰：仡仡勇夫。魚訖切

倨 不遜也。从人居聲。居御切

儼 昂頭也。从人嚴聲。一曰好皃。魚儉切

傪 好皃。从人參聲。倉含切

俚 聊也。从人里聲。良止切

伴 大皃。从人半聲。薄滿切

俺 大也。从人奄聲。於業切

僩 武皃。从人閒聲。詩曰：瑟兮僩兮。下簡切

伾 有力也。从人丕聲。詩曰：以車伾伾。敷悲切

偲 彊力也。从人思聲。詩曰：其人美且偲。倉才切

倬 箸大也。从人卓聲。詩曰：倬彼雲漢。竹角切

侹 長皃。一曰箸地。一曰代也。从人廷聲。他鼎切

倗 輔也。从人朋聲。讀若陪位。步崩切

傓 熾盛也。从人扇聲。詩曰：豔妻傓方處。式戰切

儆 戒也。从人敬聲。春秋傳曰：儆宮。居影切

俶 善也。从人叔聲。詩曰：令終有俶。一曰始也。昌六切

傭 均直也。从人庸聲。余封切

僾 仿佛也。从人愛聲。詩曰：僾而不見。烏代切

仿 相似也。从人方聲。妃罔切

㑂 籒文仿从丙。

佛 見不審也。从人弗聲。敷勿切

僁 聲也。从人悉聲。讀若屑。私列切

僟 精謹也。从人幾聲。明堂月令：數將僟終。巨衣切

佗 負何也。从人它聲。臣鉉等案：史記匈奴奇畜有橐佗，今俗譌誤謂之駱駝，非是。徒何切

何 儋也。从人可聲。臣鉉等曰：儋何即負何也。借爲誰何之何，今俗別作擔荷，非是。胡歌切

儋 何也。从人詹聲。都甘切

供 設也。从人共聲。一曰供給。俱容切

偫 待也。从人从待。直里切

儲 偫也。从人諸聲。直魚切

備 慎也。从人𤰈聲。平祕切

㒲 古文備

位 列中庭之左右謂之位。从人立。于備切

儐 導也。从人賓聲。必刃切

擯 儐或从手。

偓 佺也。从人屋聲。於角切

佺 偓佺，仙人也。从人全聲。此緣切

㒆 心服也。从人聶聲。齒涉切

仢 約也。从人勺聲。徒歷切

儕 等輩也。从人齊聲。春秋傳曰：吾儕小人。仕皆切

倫 輩也。从人侖聲。一曰道也。田屯切

侔 齊等也。从人牟聲。莫浮切

偕 彊也。从人皆聲。詩曰：偕偕士子。一曰俱也。古諧切

俱 偕也。

从人具聲擧朱切 儹最也从人贊聲作管切 併並也从人幷聲畀正切 傅相也从人尃聲方遇切 侙惕也
从人式聲春秋國語曰於其心侙然恥力切 俌輔也从人甫聲讀若撫芳武切 倚依也从人奇聲於綺切 依
倚也从人衣聲於稀切 仍因也从人乃聲如乘切 佽便利也从人次聲詩曰決拾旣佽一曰遞也七四切 佴佽也从人
耳聲仍吏切 倢佽也从人疌聲子葉切 侍承也从人寺聲時吏切 傾仄也从人从頃頃亦聲去營切 側
旁也从人則聲阻力切 㑥宴也从人安聲烏寒切 侐靜也从人血聲詩曰閟宮有侐況逼切 付与也从寸持物對人
臣鉉等曰寸手也方遇切 俜使也从人甹聲普丁切 俠俜也从人夾聲胡頰切 儃儃何也从人亶聲徒
干切 侁行皃从人先聲所臻切 仰舉也从人从卬魚兩切 侸立也从人豆聲讀若樹常句切 儽垂皃从人
纍聲一曰嬾解落猥切 侳安也从人坐聲則臥切 偁揚也从人爯聲處陵切 伍相參伍也从人从五疑古切 什
相什保也从人十是執切 佰相什伯也从人百博陌切 佸會也从人昏聲詩曰曷其有佸一曰佸佸力皃古活切 佮
合也从人合聲古沓切 𢼸妙也从人从攴豈省聲臣鉉等案豈字从𢼸省𢼸不應从豈省蓋傳寫之誤疑从耑省耑物初生之

題尚𢼸也無非切 傆黠也从人原聲魚福切 作起也从人从乍則洛切 假非真也从人叚聲古疋切一曰至也虞書曰
假于上下古頟切 借假也从人昔聲資昔切 侵漸進也从人又持帚若埽之進又手也七林切 儥賣也从人賣聲余六
切 候伺望也从人侯聲胡遘切 償還也从人賞聲食章切 僅材能也从人堇聲渠吝切 代更也从人弋聲臣鉉等
曰弋非聲說文忒字與此義訓同疑兼有忒音徒耐切 儀度也从人義聲魚羈切 傍近也从人旁聲步光切 佀
象也从人㠯聲詳里切 便安也人有不便更之从人更房連切 任符也从人壬聲如林切 俔譬諭也一曰閒見从人从見詩
曰俔天之妹苦甸切 優饒也从人憂聲一曰倡也於求切 僖樂也从人喜聲許其切 偆富也从人春聲尺允切 俒
完也逸周書曰朕實不明以俒伯父从人从完胡困切 儉約也从人僉聲巨險切 偭鄉也从人面聲少儀曰尊壺者偭其鼻彌
箭切 俗習也从人谷聲似足切 俾益也从人卑聲一曰俾門侍人并弭切 倪俾也从人兒聲五雞切 億安也
从人意聲於力切 使伶也从人吏聲疏士切 俟左右兩視从人癸聲其季切 伶弄也从人令聲益州有建伶縣郎丁切
儷棽儷也从人麗聲呂支切 傳遽也从人專聲直戀切 倌小臣也从人从官詩曰命彼倌人古患切 价善也从人介聲

詩曰价人惟藩古拜切

仔 克也从人子聲子之切

㑞 送也从人灷聲呂不韋曰有侁氏以伊尹佚女古文以爲訓字臣鉉等曰灷不成字當从朕省案勝字从朕聲疑古者朕或音佚以證切

徐 緩也从人余聲似魚切

偋 僻寠也从人屛聲防正切

伸 屈伸从人申聲失人切

伹 拙也从人且聲似魚切

⿰亻然 意膬也从人然聲臣鉉等曰膬耎易破也人善切

偄 弱也从人从耎从亂切

倍 反也从人咅聲薄亥切

傿 引爲賈也从人焉聲於建切

僭 假也从人朁聲子念切

儗 僭也一曰相疑从人从疑魚己切

偏 頗也从人扁聲芳連切

倀 狂也从人長聲一曰仆也褚羊切

⿰亻薨 惛也从人薨聲呼肱切

儔 翳也从人壽聲直由切

侜 有廱蔽也从人舟聲詩曰誰侜予美張流切

俴 淺也从人戔聲慈衍切

佃 中也从人田聲春秋傳曰乘中佃一轅車堂練切

⿰亻囟 小皃从人囟聲詩曰⿰亻囟⿰亻囟彼有屋斯氏切

侊 小皃从人光聲春秋國語曰侊飯不及一食古橫切

佻 愉也从人兆聲詩曰視民不佻土彫切

僻 避也从人辟聲詩曰宛如左僻一曰从旁牽也普擊切

伭 很也从人弦省聲胡田切

伎 與也从人支聲詩曰籟人伎忒渠綺切

侈 掩脅也从人多聲一曰奢也尺氏切

佁 癡皃从人台聲讀若騃夷在切

⿰亻蚤 ⿰亻蚤驕也从人蚤聲穌遭切

僞 詐也从人爲聲危睡切

伿 隋也从人只聲以豉切

佝 務也从人句聲苦候切

僄 輕也从人票聲匹妙切

倡 樂也从人昌聲尺亮切

俳 戲也从人非聲步皆切

僐 作姿也从人善聲堂演切

儳 儳互不齊也从人毚聲士咸切

佚 佚民也从人失聲一曰佚忽也夷質切

俄 行頃也从人我聲詩曰仄弁之俄五何切

傜 喜也从人䍃聲自關以西物大小不同謂之傜余招切

⿰亻卻 徼御受屈也从人卻聲其虐切

傞 醉舞皃从人差聲詩曰屢舞傞傞素何切

僛 醉舞皃从人欺聲詩曰屢舞僛僛去其切

侮 傷也从人每聲文甫切

⿰亻母 古文从母

⿰亻疾 妎也从人疾聲一曰毒也秦悉切

嫉 ⿰亻疾或从女

⿰亻易 輕也从人易聲一曰交傷以豉切

俙 訟面相是从人希聲喜皆切

僨 僵也从人賁聲匹問切

僵 僨也从人畺聲居良切

仆 頓也从人卜聲芳遇切

偃 僵也从人匽聲於幰切

傷 創也从人𥏻省聲式羊切

倄 刺也从人肴聲一曰痛聲胡茅切

侉 備詞从人夸聲苦瓜切

催 相儔也从人崔聲詩曰室人交徧催我倉回切

俑 痛也从人甬聲他紅切又余隴切

伏 司也从人从犬臣鉉等曰司今人作伺房六切

促 迫也从人足聲七玉切

例 比也从人列聲力制切

係 絜束也从人从系系亦聲胡計切

伐 擊也从人持戈一曰敗也房越切

俘 軍所獲也从人孚聲春秋傳曰以爲俘聝芳無切

但 裼也从人

旦聲徒旱切
傴 僂也从人區聲於武切
僂 尪也从人婁聲周公韈僂或言背僂力主切
僇 癡行僇僇也从人翏聲讀若雡一曰且也力救切
仇 讎也从人九聲巨鳩切
儡 相敗也从人畾聲讀若雷魯回切
咎 災也从人从各各者相違也其久切
仳 別也从人比聲詩曰有女仳離芳比切
㑥 毀也从人咎聲其久切
倠 仳倠醜面从人隹聲許惟切
值 措也从人直聲直吏切
侂 寄也从人庑聲庑古文宅他各切
僔 聚也从人尊聲詩曰僔沓背憎慈損切
像 象也从人从象象亦聲讀若養徐兩切
倦 罷也从人卷聲渠眷切
傮 終也从人曹聲作曹切
偶 桐人也从人禺聲五口切
弔 問終也古之葬者厚衣之以薪从人持弓會敺禽多嘯切
佋 廟佋穆父爲佋南面子爲穆北面从人召聲市招切
㑗 神也从人身聲失人切
僊 長生僊去从人䙴䙴亦聲相然切
僰 犍爲蠻夷从人棘聲蒲北切
仚 人在山上从人从山呼堅切
僥 南方有焦僥人長三尺短之極从人堯聲五聊切
㒂 市也从人對聲都隊切
俇 遠行也从人狂聲居況切
件 分也从人从牛牛大物故可分其輦切

文二百四十五　重十四

侶 徒侶也从人呂聲力舉切
侲 僮子也从人辰聲章刃切
倅 副也从人卒聲七內切
傔 從也从人兼聲苦念切

倜 倜儻不羈也从人从周未詳他歷切
儻 倜儻也从人黨聲他朗切
佾 舞行列也从人肙聲夷質切
倒 仆也从人到聲當老切
儈 合市也从人會會亦聲古外切
低 下也从人氐氐亦聲都兮切
債 債負也从人責責亦聲側賣切
價 物直也从人賈賈亦聲古訝切
停 止也从人亭聲特丁切
僦 賃也从人就就亦聲即就切
伺 候望也从人司聲相吏切自低以下六字从人皆後人所加
僧 浮屠道人也从人曾聲穌曾切
佇 久立也从人从宁直呂切
偵 問也从人貞聲丑鄭切

文十八　新附

匕 變也从到人凡匕之屬皆从匕呼跨切
𠤕 未定也从匕𥏼聲𥏼古文矢字語期切
眞 僊人變形而登天也从匕从目从上音隱八所乘載也側鄰切
𡇒 古文眞
化 教行也从匕从人匕亦聲呼跨切

文四　重一

匕 相與比敘也从反人匕亦所以用比取飯一名柶凡匕之屬皆从匕卑履切

匕也从匕是聲是支切
相次也从匕从十鴇从此博抱切
頃也从匕支聲匕頭頃也詩曰跂彼織女去智切
頭不正也从匕从頁臣鉉等曰匕者有所比附不正也去營切
頭髓也从匕匕相匕著也巛象髮囟象匘形奴皓切
望欲有所庶及也从匕从卩詩曰高山卬止伍岡切
高也早匕為阜匕卩為卬皆同義竹角切
古文阜
很也从匕目匕目猶目相匕不相下也易曰艮其限匕目為艮匕目為真也古恨切

文九　重一

相聽也从二人凡从之屬皆从从　疾容切
隨行也从辵从从亦聲慈用切
相從也从从幵聲一曰从持二為并府盈切

文三

密也二人為从反从為比凡比之屬皆从比　毗至切
慎也从比必聲周書曰無毖于卹兵媚切
古文比

文二　重一

菲也从二人相背凡北之屬皆从北　博墨切
北方州也从北異聲几利切

文二

說文八上　六

土之高也非人所為也从北从一一地也人居在丘南故从北中邦之居在崐崘東南一曰四方高中央下為丘象形凡丘之屬皆从丘　去鳩切今隸變作丘
古文从土
大丘也崐崘丘謂之崐崘虛古者九夫為井四井為邑四邑為丘丘謂之虛从丘虍聲臣鉉等曰今俗別作墟非是丘如切又朽居切
反頂受水丘从丘泥省聲奴低切

文三　重一

眾立也从三人凡㐺之屬皆从㐺讀若欽崟　魚音切
多也从㐺目眾意之仲切
會也从㐺取聲邑落曰聚才句切
眾詞與也从㐺自聲虞書曰臮咎繇其冀切
古文臮

文四　重一

𡈼 善也从人士士事也一曰象物出地挺生也凡𡈼之屬皆从𡈼 臣鉉等曰人在土上𡈼然而立也他鼎切

徵 召也从微省𡈼爲徵行於微而文達者即徵之陟陵切 𢼸 古文徵

朢 月滿與日相朢以朝君也从月从臣从𡈼𡈼朝廷也無放切 𦣠 古文朢省

㸒 近求也从爪𡈼𡈼徵幸也余箴切

文四　重二

重 厚也从𡈼東聲凡重之屬皆从重 徐鍇曰𡈼者人在土上故爲厚也柱用切

量 稱輕重也从重省曏省聲呂張切 𨤲 古文量

文二　重一

臥 休也从人臣取其伏也凡臥之屬皆从臥 吾貨切

監 臨下也从臥䘓省聲古銜切 𥃳 古文監从言

臨 監臨也从臥品聲力尋切

𦣞 楚謂小兒嬾𦣞从臥食尼見切

文四　重一

身 躳也象人之身从人厂聲凡身之屬皆从身 失人切

軀 體也从身區聲豈俱切

文二

㐆 歸也从反身凡㐆之屬皆从㐆 徐鍇曰古人所謂反身修道故曰歸也於機切

殷 作樂之盛稱殷从㐆从殳易曰殷薦之上帝於身切

文二

衣 依也上曰衣下曰裳象覆二人之形凡衣之屬皆从衣 於稀切

裁 制衣也从衣𢦏聲古本切

袞 天子享先王卷龍繡於下幅一龍蟠阿上鄉从衣公聲古本切

襢 丹縠衣从衣亶聲知扇切

褕 翟羽飾衣从衣俞聲一曰直裾謂之襜褕羊朱切

袗 元服从衣㐱聲之忍切 裖 袗或从辰

表 上衣也从衣从

毛古者衣裘以毛爲表陂矯切
古文表从麃
衣内也从衣里聲良止切
負兒衣从衣強聲居兩切
衣領也从衣棘聲詩曰要之襋之己力切
黼領也从衣暴聲詩曰素衣朱襮蒲沃切
衣裣也从衣壬聲如甚切
衽也从衣婁聲力主切
衽也从衣尉聲於胃切
裣緣也从衣疌聲七入切
交衽也从衣金聲居音切
蔽厀也从衣韋聲周禮曰王后之服褘衣謂畫袍許歸切
襲袂也从衣夫聲甫無切
左衽袍从衣龖省聲似入切
籀文襲不省
襺也从衣包聲論語曰衣弊緼袍薄褒切
袍衣也从衣繭聲以絮曰襺以緼曰袍春秋傳曰盛夏重襺古典切
南楚謂禪衣曰褋从衣枼聲徒叶切
衣帶以上从衣矛聲一曰南北曰袤東西曰廣莫候切
籀文袤从楙
帶所結也从衣會聲春秋傳曰衣有襘古外切
檾也詩曰衣錦褧衣示反古从衣耿聲去穎切
袛裯短衣从衣氐聲都兮切
衣袂袛裯从衣周聲都牢切
裯謂之襤褸襤無緣也从衣監聲魯甘切
無袂衣謂之䙕从衣惰省聲徒臥切
衣躬縫从衣毒聲讀若督冬毒切
衣袂也从衣去聲一曰袪裹也裹者裛也袪尺二寸春秋傳曰披斬其袪去魚切
袂也从衣采聲似又切
俗褎从由
袖也从衣夬聲彌弊切
袖也一曰藏也从衣鬼聲戶乖切
俠也从衣眔聲一曰橐臣鉉等曰眔非聲未詳戶乖切
褱也从衣包聲臣鉉等曰今俗作抱非是抱與捊同薄保切
衣蔽前从衣詹聲處占切
衣衸从衣石聲他各切
袥也从衣介聲胡介切
絝也从衣睪聲徒各切
裾也从衣它聲論語曰朝服袉紳唐左切
衣袍也从衣居聲讀與居同九魚切
諸衧也从衣于聲羽俱切
絝也从衣寒省聲春秋傳曰徵褰與襦去虔切
絝踦也从衣龍聲丈冢切
襱或从賣
絝上也从衣召聲市沼切
衣博大从衣尋聲他感切
衣博裾从衣保省聲保古文保博毛切
緥也从衣啻聲詩曰載衣之禘臣鉉等曰緥即襁緥也今俗別作褓非是他計切
衣正幅从衣耑聲多官切
重衣皃从衣圍聲爾雅曰𧝓𧝓積積臣鉉等曰說文無積字爾雅亦無此語疑後人所加羽非切
重衣皃从衣复聲一曰褚衣方六切
衣厚褆褆从衣是聲杜兮切
衣厚皃从衣農聲詩曰何彼襛矣汝容切
新衣聲一曰背縫从衣叔聲冬毒切
衣張也从衣多聲春秋傳曰公會齊侯于袳尺氏切
衣裾也从衣冏聲臣鉉等曰冏非聲疑象衣裾之形余制切
古文裔
長衣皃从衣分聲撫文切
長衣皃从衣叀省聲羽元切
短衣也从衣鳥聲春秋

傳曰有空鴰都僚切
重衣也从衣執聲巴郡有褺江縣徒叶切
長衣皃从衣非聲臣鉉等按漢書裵回用此今俗作徘徊非是薄回切
短衣也从衣蜀聲讀若蜀市玉切
衣至地也从衣斲聲竹角切
短衣也从衣需聲一曰㬎衣人朱切
衣小也从衣扁聲方沔切
衣無絮从衣合聲古洽切
衣不重从衣單聲都寒切
漢令解衣耕謂之襄从衣𤕦聲息良切
古文襄
寢衣也長一身有半从衣皮聲平義切
大被从衣今聲去音切
飾也从衣象聲徐兩切
日日所常衣从衣从日日亦聲人質切
私服从衣埶聲詩曰是褻袢也臣鉉等曰从熱省乃得聲私列切
裏褻衣从衣中聲春秋傳曰皆衷其衵服陟弓切
好佳也从衣朱聲詩曰靜女其袾昌朱切
事好也从衣且聲才与切
接益也从衣卑聲府移切
無色也从衣半聲一曰詩曰是紲袢也讀若普博幔切
五彩相合从衣集聲徂合切
衣物饒也从衣谷聲易曰有孚裕無咎羊孺切
韏衣也从衣辟聲臣鉉等曰韏革中辨也衣襞積如辨也必益切
摩展衣从衣干聲古案切
繒餘也从衣列聲良辥切
弊衣从衣奴聲女加切
衣縫解也从衣旦聲丈莧切
完衣也从衣甫聲博古切
紩衣也从衣黹黹亦聲豬几切
奪衣也从衣虒聲讀若池直离切
袒也从衣嬴聲郎果切
嬴或从果
袒也从衣呈聲丑郢切
但也从衣易聲先擊切
𧝓也从衣牙聲似嗟切
以衣衽扱物謂之襭从衣頡聲胡結切
襭或从手
執衽謂之袺从衣吉聲格八切
帴也从衣曹聲昨牢切又七刀切
裹也从衣壯聲側羊切
纏也从衣果聲古火切
書囊也从衣邑聲於業切
緶也从衣齊聲即夷切
豎使布長襦从衣豆聲常句切
編枲衣从衣區聲一曰頭褔一曰次裹衣於武切又於侯切
編枲韤一曰粗衣从衣曷聲胡葛切
褔領也从衣匽聲於幰切
褗謂之裺从衣奄聲依檢切
艸雨衣秦謂之萆从衣象形穌禾切
古文衰
隸人給事者爲卒卒衣有題識者臧沒切
卒也从衣者聲一曰製衣丑呂切
裁也从衣从制征例切
蠻夷衣从衣犮聲一曰蔽厀北末切
衣死人也从衣遂聲春秋傳曰楚使公親襚徐醉切
棺中縑裏从衣弔聲讀若雕都僚切
贈終者衣被曰裞从衣兑聲輸芮切
鬼衣从衣熒省聲讀若詩曰葛藟縈之一曰若靜女其袾之袾於營切
車溫也从衣延聲式連切
以組帶馬也从衣从馬奴鳥切

文一百一十六　重十一

盛服也从衣元聲黃絢切　衣也从衣彡聲所銜切　裘屬从衣奥聲烏皓切　文三　新附

皮衣也从衣求聲一曰象形與衰同意凡裘之屬皆从裘　巨鳩切

古文省衣　裘裏也从裘鬲聲讀若擊楷革切

文二　重一

考也七十曰老从人毛匕言須髮變白也凡老之屬皆从老　盧皓切

年八十曰耋从老省从至徒結切　年九十曰薹从老从蒿省莫報切　老也从老省旨聲渠脂切

老人面凍黎若垢从老省句聲古厚切　老人面如點也从老省占聲讀若耿介之耿丁念切　老人行才相逮从老省易省行象讀若樹常句切　久也从老省𠷎聲殖酉切　老也从老省丂聲苦浩切　善事父母者从老省子从子子承老也呼教切

文十

眉髮之屬及獸毛也象形凡毛之屬皆从毛　莫袍切

毛盛也从毛隼聲虞書曰鳥獸氄毛而尹切又人勇切　獸豪也从毛倝聲侯幹切　仲秋鳥獸毛盛可選取以爲器用从毛先聲讀若選穌典切　以毳爲罽色如虋故謂之𣯱虋禾之赤苗也从毛𦻏聲詩曰毳衣如𣯱莫奔切　撚毛也从毛亶聲諸延切

文六

羽毛飾也从毛耳聲仍吏切　氍毹毾㲪皆氈緂之屬蓋方言也从毛瞿聲其俱切　氍毹也从毛俞聲羊朱切　毾㲪也从毛𦐇聲土盍切　毾㲪也从毛登聲都滕切　鞠丸也从毛求聲巨鳩切　析鳥羽爲旗纛之屬从毛敞聲昌兩切

文七　新附

獸細毛也从三毛凡毳之屬皆从毳　此芮切

毛紛紛也从毳非聲甫微切

文二

尸 陳也象臥之形凡尸之屬皆从尸 式脂切

⿸尸奠 偫也从尸奠聲堂練切

居 蹲也从尸古者居从古臣鉉等曰居从古者言法古也九魚切

踞 俗居从足

屑 臥息也从尸自臣鉉等曰自古者以爲鼻字故从自許介切

屑 動作切切也从尸㑊聲私列切

展 轉也从尸襄省聲知衍切

屆 行不便也一曰極也从尸凷聲古拜切

尻 脽也从尸九聲苦刀切

⿸尸⿱丌几 髀也从尸下丌居几臣鉉等曰丌几皆所以尻止也徒魂切

脽 ⿸尸⿱丌几或从肉隼

臀 ⿸尸⿱丌几或从骨殿聲

⿸尸旨 尻也从尸旨聲詰利切

尼 從後近之从尸匕聲女夷切

⿸尸臿 從後相臿也从尸从臿楚洽切

⿸尸乏 ⿸尸臿是也从尸乏聲直立切

⿸尸又 柔皮也从申尸之後尸或从又臣鉉等曰注似闕脫未詳人善切

屒 伏皃从尸辰聲一曰屋宇珍忍切

屖 屖遲也从尸辛聲先稽切

屝 履也从尸非聲扶沸切

屍 終主从尸从死式脂切

屠 刳也从尸者聲同都切

屟 履中薦也从尸枼聲穌叶切

屋 居也从尸尸所主也一曰尸象屋形从至至所至止室屋皆从至烏谷切

⿸厂至 籀文屋从厂

⿱⿻三丨屋 古文屋

屏 屏蔽也从尸幷聲必郢切

層 重屋也从尸曾聲昨棱切

文二十三 重五

屢 數也按今之婁字本是屢空字此字後人所加从尸未詳丘羽切

文一 新附

說文解字第八上

說文解字第八下

漢太尉祭酒許氏記

銀青光祿大夫守右散騎常侍上柱國東海縣開國子食邑五百戶臣徐鉉等奉敕校定

尺 十寸也人手卻十分動脈爲寸口十寸爲尺尺所以指尺規榘事也从尸从乙乙所識也周制寸尺咫尋常仞諸度量皆以人之體爲法凡尺之屬皆从尺昌石切

咫 中婦人手長八寸謂之咫周尺也从尺只聲諸氏切

文二

尾 微也从到毛在尸後古人或飾系尾西南夷亦然凡尾之屬皆从尾無斐切今隸變作尾

屬 連也从尾蜀聲之欲切

屈 無尾也从尾出聲九勿切

尿 人小便也从尾从水奴弔切

文四

履 足所依也从尸从彳从夂舟象履形一曰尸聲凡履之屬皆从履良止切

古文履从頁从足

屨 履也从履省婁聲一曰鞮也九遇切

𡳐 履下也从履省歷聲郎擊切

𡳝 履屬从履省予聲徐呂切

屩 屐也从履省喬聲居勺切

屐 屩也从履省支聲奇逆切

文六　重一

舟 船也古者共鼓貨狄刳木爲舟剡木爲楫以濟不通象形凡舟之屬皆从舟職流切

俞 空中木爲舟也从亼从舟从巜巜水也羊朱切

船 舟也从舟鉛省聲食川切

彤 船行也从舟彡聲丑林切

舳 艫也从舟由聲漢律名船方長爲舳艫一曰舟尾臣鉉等曰當从冑省乃得聲直六切

艫 舳艫也一曰船頭从舟盧聲洛乎切

𦨉 船行不安也从舟从刖省讀若兀五忽切

艐 船著不行也从舟㚇聲讀若荤子紅切

朕 我也闕直禁切

舫 船師也明堂月令曰舫人習水者从舟方

聲甫妄切

般 辟也象舟之旋从舟从殳殳所以旋也北潘切

𣪠 古文般从攴

服 用也一曰車右騑所以舟旋从舟𠬝聲房六切

𦨈 古文服从人

文十二 重三

舸 舟也从舟可聲古我切

艇 小舟也从舟廷聲徒鼎切

艅 艅艎舟名从舟余聲經典通用餘皇以諸切

艎 艅艎也从舟皇聲胡光切

文四 新附

方 併船也象兩舟省總頭形凡方之屬皆从方 府良切

斻 方舟也从方亢聲禮天子造舟諸侯維舟大夫方舟士特舟臣鉉等曰今俗別作航非是胡郎切

汸 方或从水

文二 重一

儿 仁人也古文奇字人也象形孔子曰在人下故詰屈凡儿之屬皆从儿 如鄰切

兀 高而上平也从一在人上讀若夐茂陵有兀桑里五忽切

兒 孺子也从儿象小兒頭囟未合汝移切

允 信也从儿㠯聲樂準切

兌 說也从儿㕣聲臣鉉等曰㕣古文兖字非聲當从口从八象气之分散易曰兌爲巫爲口大外切

充 長也高也从儿育省聲昌終切

文六

兄 長也从儿从口凡兄之屬皆从兄 許榮切

兢 競也从二兄二兄競意从丰聲讀若矜一曰兢敬也居陵切

文二

兂 首笄也从人匕象簪形凡兂之屬皆从兂 側岑切

簪 俗兂从竹从朁

兓 朁朁鋭意也从二兂子林切

文二 重一

皃 頌儀也从人白象人面形凡皃之屬皆从皃 莫教切

䫉 皃或从頁豹省聲

貌 籀文皃从豹省

覍 冕也周曰覍殷曰吁夏曰收从皃象形皮變切

𥄉 籀文覍从廾上象形

弁 或覍字

文二 重四

𠑹 廱蔽也从人象左右皆蔽形凡𠑹之屬皆从𠑹讀若瞽 公戶切

兜 兜鍪首鎧也从𠑹从皃省皃象人頭也當侯切

文二

先 前進也从儿从之凡先之屬皆从先 臣鉉等曰之在人上是先也 穌前切

兟 進也从二先贊从此闕 所臻切

文二

秃 無髮也从人上象禾粟之形取其聲凡秃之屬皆从秃王育說蒼頡出見秃人伏禾中因以制字未知其審 他谷切

穨 秃皃从秃貴聲 杜回切

文二

見 視也从儿从目凡見之屬皆从見 古甸切

視 瞻也从見示 神至切 眎 古文視 眡 亦古文視

䙿 求也从見麗聲讀若池 郎計切

覣 好視也从見委聲 於爲切

𧡝 旁視也从見兒聲 五計切

覶 好視也从見𤔔聲 洛戈切

𧢇 笑視也从見彔聲 王問切

𧢼 大視也从見爰聲 況晚切

覝 察視也从見㡒聲讀若鎌 力鹽切

䙡 外博衆多視也从見員聲讀若運 王問切

觀 諦視也从見雚聲 古玩切 𡕍 古文觀从囧

㝵 取也从見从寸寸度之亦手也 臣鉉等案彳部作古文得字此重出 多則切

覽 觀也从見監監亦聲 盧敢切

䚒 內視也从見來聲 洛代切

𧡐 顯也从見是聲 杜兮切

𧢄 目有察省見也从見票聲 方小切

覤 覤覷闚觀也从見朿聲 七四切

覰 拘覰未致密也从見虘聲 七句切

覭 小見也从見冥聲爾雅曰覭髳弗離 莫經切

𧡬 內視也从見甚聲 丁含切

覯 遇見也从見冓聲 古后切

𧢱 注目視也从見歸聲 渠追切

覘 窺也从見占聲春秋傳曰公使覘之信 敕豔切

覹 司也从見微聲 無非切

覢 暫見也从炎見聲春秋公羊傳曰覢然公子陽生 失冉切

覾 暫見也从見賓聲 必刃切

𧢊 觀𧢊也从見樊聲讀若幡 附袁切

𧠟 病人

視也从見氐聲讀若迷莫兮切

下視深也从見鹵聲讀若攸以周切

私出頭視也从見彤聲讀若郴丑林切

突前也从見冃臣鉉等曰冃重覆也犯冃而見是突前也莫紅亡洪二切

覬 钦幸也从見豈聲几利切

覦 欲也从見俞聲羊朱切

視不明也一曰直視从見舂聲丑尨切

視誤也从見龠聲弋笑切

覺 寤也从見學省聲一曰發也古岳切

目赤也从見𣦏省聲臣鉉等曰𣦏非聲未詳才的切

靚 召見也从見青聲疾正切

親 至也从見亲聲七人切

覲 諸侯秋朝曰覲勞王事从見堇聲渠吝切

覜 諸侯三年大相聘曰覜覜視也从見兆聲他弔切

覒 擇也从見毛聲讀若苗莫袍切

覕 蔽不相見也从見必聲莫結切

司人也从見它聲讀若馳式支切

目蔽垢也从見𡴀聲讀若兜當侯切

文四十五　重三

覿 見也从見賣聲徒歷切

文一　新附

覞 竝視也从二見凡覞之屬皆从覞弋笑切

很視也从覞肩聲齊景公之勇臣有成𧢟者苦閑切

見雨而比息从覞从雨讀若欷虛器切

文三

欠 張口气悟也象气从人上出之形凡欠之屬皆从欠去劒切

欽 欠皃从欠金聲去音切

欠皃从欠䜌聲洛官切

欯 喜也从欠吉聲許吉切

吹 出气也从欠从口臣鉉等案口部已有吹噓此重出昌垂切

欨 吹也一曰笑意从欠句聲況于切

歑 溫吹也从欠虖聲虎烏切

吹气也从欠或聲於六切

歇 息也一曰气越泄从欠曷聲許謁切

歟 安气也从欠與聲以諸切

翕气也从欠脅聲虛業切

歕 吹气也从欠賁聲普魂切

歡 喜樂也从欠雚聲呼官切

欣 笑喜也从欠斤聲許斤切

弞 笑不壞顏曰弞从欠引省聲式忍切

款 意有所欲也从欠㮚省臣鉉等曰㮚塞也意有所欲而猶塞㮚㮚然也苦管切

款或从柰

幸也从欠气聲一曰口不便言居气切

欲 貪欲也从欠谷聲余蜀切

歌 詠也从欠哥聲古俄切

謌 歌或从言

歂 口气引也从欠耑聲讀若車輇市緣切

歍 心有所惡若吐也从欠烏聲一曰口相就哀都切

歍歔也从欠鼀聲才六切

噈 俗歔从口从就

愁然也从欠尗聲孟子曰曾西𣢑然才六切

欦 含笑也从欠今聲丘嚴切

歋 人相笑相歋瘉从欠虒聲以支切

歊 歊歊气出皃从欠高高亦聲許嬌切

有所吹起从欠炎聲讀若忽許物切

𣢋 𣢋𣢋戲笑皃从欠之聲許其切

𣤶 𣤶𣤶气出皃从欠䍃聲余招切

歗 吟也从欠肅聲詩曰其歗也謌臣鉉等案口部此籒文嘯字此重出穌弔切

歎 吟也从欠鷬省聲他案切

籒文歎不省

歖 卒喜也从欠从喜許其切

欸 訾也从欠矣聲凶戒切又烏開切

㰣 歐也从欠此聲前智切

歐 吐也从欠區聲烏后切

歔 欷也从欠虛聲一曰出气也朽居切

欷 歔也从欠稀省聲香衣切

歜 盛气怒也从欠蜀聲尺玉切

㰯 言意也从欠从鹵鹵亦聲讀若酉与久切

𣣣 欲歠歠从欠渴聲苦葛切

𣤜 所謌也从欠噭省聲讀若叫呼之叫古弔切

𣤹 悲意从欠嗇聲火力切

𣤊 盡酒也从欠樵聲子肖切

𣣯 監持意口閉也从欠緘聲古咸切

㰮 指而笑也从欠辰聲讀若蜃時忍切

𣤭 昆于不可知也从欠鰥聲古渾切

欿 欲得也从欠臽聲讀若貪他含切

歃 歠也从欠臿聲春秋傳曰歃而忘山洽切

欶 吮也从欠束聲所角切

歁 食不滿也从欠甚聲讀若坎苦感切

欱 歠也从欠合聲呼合切

歉 歉食不滿从欠兼聲苦簟切

𣣈 咽中息不利也从欠骨聲烏八切

欭 嚘也从欠因聲乙冀切

欬 屰气也从欠亥聲苦蓋切

𣤝 且唾聲一曰小笑从欠毄聲許壁切

歙 縮鼻也从欠翕聲丹陽有歙縣許及切

㰲 蹴鼻也从欠咎聲讀若爾雅曰麐豭短脰於糾切

𣢰 愁皃从欠幼聲臣鉉等案口部呦字或作𣢰此重出於蚪切

欪 咄欪無慙一曰無腸意从欠出聲讀若卉丑律切

欥 詮詞也从欠从曰曰亦聲詩曰欥求厥寧余律切

次 不前不精也从欠二聲七四切

𠁩 古文次

㰠 飢虛也从欠康聲苦岡切

欺 詐欺也从欠其聲去其切

歆 神食气也从欠音聲許今切

文六十五　重五

歈 歌也从欠俞聲切韻云巴歈歌也案史記渝水之人善歌舞漢高祖采其聲後人因加此字羊朱切

文一　新附

㱃 歠也从欠酓聲凡㱃之屬皆从㱃於錦切

汵 古文㱃从今水

飲 古文㱃从今食

歠 㱃也从㱃省叕聲昌說切

吷 歠或从口从夬

文二　重三

次 慕欲口液也从欠从水凡次之屬皆从次敘連切

㳄 次或从侃

籒文次

羨 貪欲也从次从羑省羑呼之羑文王所拘羑里似面切

𣲘 歠也从次厂聲讀若移以支切

盜 私利物也从次次欲皿者徒到切

文四　重二

旡 㱃食气屰不得息曰旡从反欠凡旡之屬皆从旡 居未切今變隸作无

旡 古文旡

旤 屰惡驚詞也从旡咼聲讀若楚人名多夥乎果切

𣄴 事有不善言𣄴也爾雅𣄴薄也从旡京聲臣鉉等曰今俗隸書作亮力讓切

文三 重一

說文解字第八下

說文解字弟九上　漢太尉祭酒許慎記

銀青光祿大夫守右散騎常侍上柱國東海縣開國子食邑五百户臣徐鉉等奉敕校定

四十六部　四百九十六文　重六十三

凡七千二百四十七字

文三十八新附

頁 頭也从百从儿古文䭫首如此凡頁之屬皆从頁百者䭫首字也 胡結切

頭 首也从頁豆聲度侯切　顏 眉目之閒也从頁彥聲五姦切　𩔈 籀文　頌 皃也从頁公聲余封切又似用切

𩔢 籀文　⿰毛頁 顱也从頁毛聲徒谷切　顱 項顱首骨也从頁盧聲洛乎切　⿰㞕頁 顛頂也从頁㞕聲魚怨切　顛

頂也从頁眞聲都年切　頂 顛也从頁丁聲都挺切　𩠐 或从𩠐作　𩕃 籀文从鼎　顙 頟也从頁桑聲蘇朗切

題 頟也从頁是聲杜兮切　頟 顙也从頁各聲臣鉉等曰今俗作額五陌切　頞 鼻莖也从頁安聲烏割切　𪖐 或从鼻曷

頯 權也从頁弅聲渠追切　頰 面旁也从頁夾聲古叶切　𩓈 籀文頰　⿰艮頁 頰後也从頁艮聲古恨切　頜

顄也从頁合聲胡感切　顄 頤也从頁函聲胡男切　頸 頭莖也从頁巠聲居郢切　領 項也从頁令聲良郢切　項 頭後

也从頁工聲胡講切　⿰冘頁 項枕也从頁冘聲章衽切　顀 出頟也从頁隹聲直追切　⿰不頁 曲頤也从頁不聲薄回切　顩 𩕾皃

从頁僉聲魚檢切　⿰尹頁 面目不正皃从頁尹聲余準切　頵 頭頵頵大也从頁君聲於倫切　䪻 面色顛顛皃从頁員聲讀若隕

于閔切　⿰兼頁 頭頰長也从頁兼聲五咸切　碩 頭大也从頁石聲常隻切　頒 大頭也从頁分聲一曰鬢也詩曰有頒其首布還切

顒 大頭也从頁禺聲詩曰其大有顒魚容切　⿰羔頁 大頭也从頁羔聲口幺切　顝 大頭也从頁骨聲讀若魁苦骨切　願

大頭也从頁原聲魚怨切　顤 高長頭从頁堯聲五弔切　䫜 贅顤高也从頁敖聲五到切　⿰岳頁 面前岳岳也从頁岳聲五角切

⿰㬎頁 眛前也从頁㬎聲讀若眛莫佩切　⿰霝頁 面瘦淺𩕊𩕊也从頁霝聲郎丁切　顡 頭蔽顡也从頁家聲五怪切　頨

梱頭也从頁元聲五還切

⿰枝頁 小頭⿰枝頁⿰枝頁也从頁枝聲讀若規又己恚切

顆 小頭也从頁果聲苦惰切

頢 短面也从頁𠯑聲五活切又下括切

頲 狹頭頲也从頁廷聲他挺切

頠 頭閑習也从頁危聲語委切

頷 面黃也从頁含聲胡感切

⿰爰頁 面不正也从頁爰聲于反切

頍 舉頭也从頁支聲詩曰有頍者弁丘弭切

⿰𠬝頁 內頭水中也从頁𠬝𠬝亦聲烏沒切

顧 還視也从頁雇聲古慕切

順 理也从頁从巛食閏切

⿰㐱頁 顏色⿰㐱頁⿰粦頁慎事也从頁㐱聲之忍切

⿰粦頁 ⿰㐱頁⿰粦頁也从頁粦聲一曰頭少髮良刃切

顓 頭顓顓謹皃从頁耑聲職緣切

頊 頭頊頊謹皃从頁玉聲許玉切

顉 低頭也从頁金聲春秋傳曰迎于門顉之而已五感切

頓 下首也从頁屯聲都困切

頫 低頭也从頁逃省太史卜書頫仰字如此楊雄曰人面頫臣鉉等曰頫首者逃亡之皃故从逃省今俗作俯非是方矩切

俛 頫或从人免

⿰臣頁 舉目視人皃从頁臣聲式忍切

⿰善頁 倨視人也从頁善聲旨善切

頡 直項也从頁吉聲胡結切

⿰出頁 頭頡⿰出頁也从頁出聲讀又若骨之出切

顥 白皃从頁从景楚詞曰天白顥顥南山四顥白首人也臣鉉等曰景日月之光明白也胡老切

⿰樊頁 大醜皃从頁樊聲附袁切

⿰爭頁 好皃从頁爭聲詩所謂⿰爭頁首疾正切

頨 頭妍也从頁翩省聲讀若翩臣鉉等曰从翩聲又讀若翩則是古今異音也王矩切

顗 謹莊皃从頁豈聲魚豈切

顅 頭鬢少髮也从頁肩聲周禮數目顅脰苦閑切

顐 無髮也一曰耳門也从頁困聲苦昆切

⿰气頁 秃也从頁气聲苦骨切

頛 頭不正也从頁从耒耒頭傾也讀又若春秋陳夏齧之齧盧對切

⿰卑頁 傾首也从頁卑聲匹米切

⿰契頁 司人也一曰恐也从頁契聲讀若褉胡計切

⿰鬼頁 頭不正也从頁鬼聲口猥切

頗 頭偏也从頁皮聲滂禾切

⿰尤頁 顫也从頁尤聲于救切

疣 ⿰尤頁或从疒

顫 頭不正也从頁亶聲之繕切

顑 飯不飽面黃起行也从頁咸聲讀若戇下感切

⿰㐭頁 面顑⿰㐭頁皃从頁㐭聲盧感切

煩 熱頭痛也从頁从火一曰焚省聲附袁切

顡 癡不聰明也从頁豪聲五怪切

類 難曉也从頁米一曰鮮白皃从粉省臣鉉等曰難曉亦不聰之義盧對切

顦 顦顇也从頁焦聲昨焦切

顇 顦顇也从頁卒聲秦醉切

⿰昏頁 繫頭殟也从頁昏聲莫奔切

頦 醜也从頁亥聲戶來切

⿰其頁 醜也从頁其聲今逐疫有⿰其頁頭去其切

籲 呼也从頁籥聲讀與籥同商書曰率籲衆戚羊戍切

顯 頭明飾也从頁㬎聲臣鉉等曰㬎古以爲顯字故从㬎聲呼典切

⿰頁頁 選具也从二頁士戀切

文九十三　重八

預 安也案經典通用豫从頁未詳羊洳切

文一　新附

𦣻 頭也象形凡𦣻之屬皆从𦣻書九切

脜 面和也从百从肉讀若柔耳由切

文二

面 顏前也从百象人面形凡面之屬皆从面彌箭切

靦 面見也从面見見亦聲詩曰有靦面目他典切 𩈊 或从旦 䩉 頰也从面甫聲符遇切 醮 面焦枯小也从面焦即消切

文四　重一

靨 姿也从面厭聲於叶切

文一　新附

丏 不見也象壅蔽之形凡丏之屬皆从丏彌兖切

文一

首 百同古文百也巛象髮謂之鬊鬊即巛也凡首之屬皆从首書九切

䭫 下首也从首旨聲康禮切 𩠐 截也从首从斷大丸旨沇二切 剸 或从刀專聲

文三　重一

県 到首也賈侍中說此斷首到縣県字凡県之屬皆从県古堯切

縣 繫也从系持県臣鉉等曰此本是縣挂之縣借爲州縣之縣今俗加心別作懸義無所取胡涓切

文二

須 面毛也从頁从彡凡須之屬皆从須臣鉉等曰此本須鬢之須頁首也彡毛飾也借爲所須之須俗書从水非是相俞切

頿 口上須也从須此聲臣鉉等曰今俗別作髭非是即移切 䫇 頰須也从須从冄冄亦聲臣鉉等曰今俗別作髯非是汝鹽切 顊 須髮半白也从須卑聲府移切 䫀 短須髮皃从須否聲敷悲切

文五

彡 毛飾畫文也象形凡彡之屬皆从彡所銜切

形 象形也从彡开聲户經切 㐱 稠髮也从彡从人詩曰㐱髮如雲之忍切 鬒 㐱或从髟眞聲 修 飾也从彡攸聲息流切 彰 文彰也从彡从章章亦聲諸良切 彫 琢文也从彡周聲都僚切 𢒈 清飾也从彡青聲疾郢切 㣎 細文也从彡𡭴省聲莫卜切 弱 橈也上象橈曲彡象毛氂橈弱也弱物并故从二弓而勺切

文九　重一

彩 文章也从彡采聲倉宰切

文一 新附

彣 䰃也从彡从文凡彣之屬皆从彣 無分切

彥 美士有文人所言也从彣厂聲魚變切

文二

文 錯畫也象交文凡文之屬皆从文 無分切

斐 分別文也从文非聲易曰君子豹變其文斐也敷尾切

辬 駁文也从文辡聲布還切

嫠 微畫也从文𠩺聲里之切

文四

髟 長髮猋猋也从長从彡凡髟之屬皆从髟 必凋切又所銜切

髮 根也从髟犮聲方伐切

䯀 髮或从首

𩑶 古文

鬢 頰髮也从髟賓聲必刃切

鬗 髮長也从髟㒼聲讀若蔓母官切

䰄 髮長也从髟監聲讀若春秋黑肱以濫來奔魯甘切

⿰髟差 髮好也从髟差千可切

鬈 髮好也从髟卷聲詩曰其人美且鬈衢員切

髦 髮也从髟从毛莫袍切

⿰髟臱 髮皃从髟臱聲讀若宀莫賢切

⿰髟周 髮多也从髟周聲直由切

⿰髟爾 髮皃从髟爾聲讀若江南謂酢母爲⿰髟爾奴礼切

⿰髟咅 髮皃从髟咅聲步矛切

髳 髮至眉也从髟敄聲詩曰紞彼兩髳亡牢切

⿰髟矛 髳或省漢令有髳長

鬋 女鬢垂皃从髟前聲作踐切

鬑 鬋也一曰長皃从髟兼聲讀若慊力鹽切

⿰髟截 束髮少也从髟截聲子結切

鬄 髲也从髟易聲先彳切又大計切

髢 鬄或从也聲

髲 鬄也从髟皮聲平義切

⿰髟次 用梳比也从髟次聲七四切

髺 潔髮也从髟昏聲古活切

⿰髟般 臥結也从髟般聲讀若槃薄官切

⿰髟付 結也从髟付聲方遇切

⿰髟莫 帶結飾也从髟莫聲莫駕切

⿰髟貴 屈髮也从髟貴聲丘媿切

⿰髟介 簪結也从髟介聲古拜切

鬣 髮鬣鬣也从髟巤聲良涉切

⿰巤毛 鬣或从毛

⿰巤豕 或从豕

⿰髟盧 鬣也从髟盧聲洛乎切

髴 髴若似也从髟弗聲敷勿切

鬞 亂髮也从髟茸省聲而容切

鬌 髮隋也从髟隋省直追切

鬊 鬊髮也从髟春聲舒閏切

鬝 鬢禿也从髟閒聲苦閑切

⿰髟剔 鬀髮也从髟从刀易聲他歷切

髡 鬀髮也从髟兀聲苦昆切

髨 或从元

鬀 鬀髮也从髟弟聲大人曰髡小人曰鬀盡及身毛曰鬄臣鉉等曰今俗別作剃非是他計切

⿰髟並 䰃也从髟並聲蒲浪切

⿰髟彔 鬽也忽見也从髟彔聲彔籀文魅亦忽見意芳未切

髽 喪結禮女子髽衰弔則不髽魯臧武仲與齊戰于狐鮐魯人迎喪者始髽从髟坐聲莊華切

文三十八 重六

鬐 馬鬣也从髟耆聲渠脂切 髫 小兒垂結也从髟召聲徒聊切 髻 總髮也从髟吉聲古通用結古詣切 鬟 總髮也从髟睘聲案古婦人首飾琢玉爲兩環此二字皆後人所加戶關切

文四 新附

后 繼體君也象人之形施令以告四方故厂之从一口發號者君后也凡后之屬皆从后 胡口切

㖃 厚怒聲从口后后亦聲呼后切

文二

司 臣司事於外者从反后凡司之屬皆从司 息茲切

詞 意内而言外也从司从言似茲切

文二

卮 圜器也一名觛所以節飲食象人卪在其下也易曰君子節飲食凡卮之屬皆从卮 章移切

䏡 小卮有耳蓋者从卮專聲市沇切 ⿰卮耑 小卮也从卮耑聲讀若捶擊之捶旨沇切

文三

卪 瑞信也守國者用玉卪守都鄙者用角卪使山邦者用虎卪土邦者用人卪澤邦者用龍卪門關者用符卪貨賄用璽卪道路用旌卪象相合之形凡卪之屬皆从卪 子結切

令 發號也从亼卪徐鍇曰號令者集而爲之卪制也力正切 𠨷 輔信也从卪比聲虞書曰𠨷成五服毗必切 卶 有大度也从卪多聲讀若侈充豉切 𠨘 宰之也从卪必聲兵媚切 卲 高也从卪召聲寔照切 厄 科厄木節也从卪厂聲賈侍中說以爲厄裹也一曰厄蓋也臣鉉等曰厂非聲未詳五果切 厀 脛頭卪也从卪桼聲臣鉉等曰今俗作膝非是息七切 卷 厀曲也从卪𢍏聲居轉切 卻 節欲也从卪谷聲去約切 卸 舍車解馬也从卪止午讀若汝南人寫書之寫臣鉉等曰午馬也故从午司夜切 𠨍 二卪也巽从此闕士戀切 𠬜 卪也闕則候切

文十三

印 執政所持信也从爪从卪凡印之屬皆从印 於刃切

𠨘按也从反印於棘切 抑俗从手

文二　重一

色顏气也从人从卩凡色之屬皆从色所力切

𢒪古文 艴色艴如也从色弗聲論語曰色艴如也蒲沒切 艵縹色也从色并聲普丁切

文三　重一

卯事之制也从卩𠂎凡卯之屬皆从卯闕去京切

卿章也六卿天官冢宰地官司徒春官宗伯夏官司馬秋官司寇冬官司空从卯皀聲去京切

文二

辟法也从卩从辛節制其辠也从口用法者也

凡辟之屬皆从辟父益切

⿱辟井治也从辟从井周書白我之不⿱辟井必益切 ⿱辟乂治也从辟乂聲虞書曰有能俾⿱辟乂魚廢切

文三

勹裹也象人曲形有所包裹凡勹之屬皆从勹布交切

⿹勹籒曲脊也从勹籒省聲巨六切 匍手行也从勹甫聲薄乎切 匐伏地也从勹畐聲蒲北切 匊在手曰匊从勹米臣鉉等曰今俗作掬非是居六切 勻少也从勹二羊倫切 勼聚也从勹九聲讀若鳩居求切 旬徧也十日爲旬从勹日詳遵切 𠣺古文 勽覆也从勹覆人薄皓切 匈聲也从勹凶聲許容切 肖匈或从肉 ⿹勹舟帀徧也从勹舟聲職流切 匌帀也从勹从合合亦聲矦閤切 匓飽也从勹㲉聲民祭祀曰厭匓巳又切又乙庾切 ⿹勹復重也从勹復聲扶富切 ⿹勹复或省彳 冢高墳也从勹豖聲知隴切

文十五　重三

包象人裹妊巳在中象子未成形也元气起於子子人所生也男左行三十女右行二十俱立於巳爲夫婦裹妊於巳巳爲子十月而生男起巳至寅女起巳至申故男年始寅女年始申也凡包之屬皆从包布交切

胞兒生裹也从肉从包匹交切 匏瓠也从包从夸聲包取其可包藏物也薄交切

文三

茍 自急敕也从羊省从包省从口口猶慎言也从羊羊與義善美同意凡茍之屬皆从茍 己力切

□ 古文羊不省

敬 肅也从攴茍 居慶切

文二 重一

鬼 人所歸爲鬼从人象鬼頭鬼陰气賊害从厶凡鬼之屬皆从鬼 居偉切

𩲡 古文从示

䰠 神也从鬼申聲 食鄰切

魂 陽气也从鬼云聲 戶昆切

魄 陰神也从鬼白聲 普百切

䰡 厲鬼也从鬼失聲 丑利切

魖 耗鬼也从鬼虛聲 朽居切

魃 旱鬼也从鬼犮聲周禮有赤魃氏除牆屋之物也詩曰旱魃爲虐 蒲撥切

鬽 老精物也从鬼彡彡鬼毛 密祕切

魅 或从未聲

□ 古文

□ 籒文从彖首从尾省聲

鬾 鬼服也一曰小兒鬼从鬼支聲韓詩傳曰鄭交甫逢二女鬾服 奇寄切

□ 鬼皃从鬼虎聲 虎烏切

魕 鬼俗也从鬼幾聲淮南傳曰吳人鬼越人魕 渠衣切

䰭 鬼彪聲䰭䰭不止也从鬼需聲 奴豆切

□ 鬼變也从鬼化聲 呼駕切

□ 見鬼驚詞从鬼難省聲讀若詩受福不儺 諾何切

□ 鬼鬼从鬼賓聲 符真切

醜 可惡也从鬼酉聲 昌九切

魋 神獸也从鬼隹聲 杜回切

文十七 重四

魑 鬼屬从鬼从离离亦聲 丑知切

魔 鬼也从鬼麻聲 莫波切

魘 寱驚也从鬼厭聲 於琰切

文三 新附

由 鬼頭也象形凡由之屬皆从由 敷勿切

畏 惡也从由虎省鬼頭而虎爪可畏也 於胃切

□ 古文省

禺 母猴屬頭似鬼从由从内 牛具切

文三 重一

厶 姦衺也韓非曰蒼頡作字自營爲厶凡厶之屬皆从厶 息夷切

篡 屰而奪取曰篡从厶算聲 初宦切

□ 相誠呼也从厶从羑 與久切

誘 或从言秀

□ 或如此

羑 古文 臣鉉等按羊部有羑羑進善也此古文重出

文三 重三

嵬 高不平也从山鬼聲凡嵬之屬皆从嵬 五灰切

巍 高也从嵬委聲 牛威切 臣鉉等曰今人省山以爲魏國之魏 語韋切

文二

說文解字弟九上

說文解字第九下　漢太尉祭酒許氏記

銀青光祿大夫守右散騎常侍上柱國東海縣開國子食邑五百户臣徐鉉等奉

敕校定

山　宣也宣气散生萬物有石而高象形凡山之屬皆从山　所閒切

嶽　東岱南霍西華北恒中泰室王者之所以巡狩所至从山獄聲五角切　岳　古文象高形

岱　太山也从山代聲徒耐切

島　海中往往有山可依止曰島从山鳥聲讀若詩曰蔦與女蘿都皓切

峱　山在齊地从山狃聲詩曰遭我于峱之閒兮奴刀切

嶧　葛嶧山在東海下邳从山睪聲夏書曰嶧陽孤桐羊益切

嵎　封嵎之山在吳楚之閒汪芒之國从山禺聲噳俱切

嶷　九嶷山舜所葬在零陵營道从山疑聲語其切

崏　山在蜀湔氐西徼外从山敃聲武巾切

𡵐　山也或曰弱水之所出从山几聲居履切

巀　巀嶭山在馮翊他陽从山𢧵聲才葛切

嶭　巀嶭山也从山辥聲五葛切

崋　山在宏農華陰从山華省聲胡化切

崞　山在鴈門从山享聲古博切

崵　崵山在遼西从山昜聲一曰嵎鐵崵谷也與章切

岵　山有草木也从山古聲詩曰陟彼岵兮侯古切

屺　山無草木也从山己聲詩曰陟彼屺兮墟里切

嶨　山多大石也从山學省聲胡角切

嶅　山多小石也从山敖聲五交切

岨　石戴土也从山且聲詩曰陟彼岨兮七余切

岡　山脊也从山网聲古郎切

岑　山小而高从山今聲鉏箴切

崟　山之岑崟也从山金聲魚音切

崒　危高也从山卒聲醉綏切

巒　山小而銳从山䜌聲洛官切

密　山如堂者从山宓聲美畢切

岫　山穴也从山由聲似又切　𡵖　籀文从穴

𡸇　高也从山陖聲私閏切　峻　𡸇或省

嶞　山之墮墮者从山从憜省聲讀若相推落之憜徒果切

嶘　尤高也从山棧聲士限切

崛　山短高也从山屈聲衢勿切

𡾊　巍高也从山蠆聲讀若厲力制切

峯　山耑也从山夆聲敷容切

巖　岸也从山嚴聲五緘切

嵒　山巖也从山品讀若吟臣鉉等曰从品象巖厓連屬之形五咸切

㠥　崒也从山絫聲落猥切

嶵　山皃从山辠聲祖賄切

峼　山皃一曰山名从山告聲古到切

𡾟　山皃从山隓聲徒果切臣鉉等案隓與嶞同嶞今亦音徒果切則是隓兼有此音

嵯　山皃从山差聲昨何切

峨　嵯峨也从山我聲五何切

崝　嶸也从山青聲臣鉉等曰今俗別作崢非是七耕切

嶸　崝嶸也从山榮聲户萌切

𡵷　谷也从山巠聲户經切

崩　山壞也从山朋聲北滕切　𨽐　古文从阜

从卪

岪 山脅道也从山弗聲敷勿切

嵍 山名从山敄聲亡遇切

嶢 焦嶢山高皃从山堯聲古僚切

⿱山戕 山陖也从山戕聲慈良切

嵏 九嵏山在馮翊谷口从山㚇聲子紅切

岊 陬隅高山之節从山从卪子結切

崈 嵬高也从山宗聲鉏弓切

崔 大高也从山隹聲胙回切

文五十三　重四

嶙 嶙峋深崖皃从山粦聲力珍切

峋 嶙峋也从山旬聲相倫切

岌 山高皃从山及聲魚汲切

嶠 山銳而高也从山喬聲古通用喬渠廟切

嵌 山深皃从山欺省聲口銜切

嶼 島也从山與聲徐呂切

嶺 山道也从山領聲良郢切

嵐 山名从山葻省聲盧含切

嵩 中岳嵩高山也从山从高亦从松韋昭國語注云古通用崇字息弓切

崑 崑崙山名从山昆聲漢書楊雄文通用昆侖古渾切

崙 崑崙也从山侖聲盧昆切

嵇 山名从山稽省聲奚氏避難特造此字非古胡雞切

文十二　新附

屾 二山也凡屾之屬皆从屾　所臻切

嵞 會稽山一曰九江當嵞也民以辛壬癸甲之日嫁娶从屾余聲虞書曰予娶嵞山同都切

文二

屵 岸高也从山厂厂亦聲凡屵之屬皆从屵　五葛切

岸 水厓而高者从屵干聲五旰切

崖 高邊也从屵圭聲五佳切

嵟 高也从屵隹聲都回切

嶏 崩也从屵肥聲符鄙切

⿱山⿸厂配 崩聲从屵配聲讀若費蒲沒切

文六

广 因广爲屋象對刺高屋之形凡广之屬皆从广讀若儼然之儼　魚儉切

府 文書藏也从广付聲臣鉉等曰今藏腑字俗書从肉非是方矩切

廱 天子饗飲辟廱从广雝聲於容切

庠 禮官養老夏曰校殷曰庠周曰序从广羊聲似陽切

廬 寄也秋冬去春夏居从广盧聲力居切

庭 宮中也从广廷聲特丁切

廇 中庭也从广留聲力救切

庉 樓牆也从广屯聲徒損切

庌 廡也从广牙聲周禮曰夏庌馬五下切

廡 堂下周屋从广無聲文甫切

𢊁 籀文从舞

庖 廚也从广包聲薄交切

廚 庖屋也从广尌聲直株切

庫 兵車藏也从車在广下苦故切

廄 馬舍也从广𣪘聲周禮曰馬有二百十四匹爲廄廄有僕夫居又切

⿸广九 古文从九

序 東西牆也从广予聲徐呂切

廦 牆也从广辟聲比激切

廣 殿之大屋也从广黃聲古晃切

廥 芻藁之藏从广會聲古外切

庾 水漕倉也从广臾聲一曰倉無屋者以主切
屏 蔽也从广幷聲必郢切
廁 清也从广則聲初吏切
廛 一畝半一家之居从广里八土直連切
𢉣 屋牝瓦下一曰維綱也从广閑省聲讀若環户關切
𢈔 屋階中會也从广忽聲倉紅切
𢋁 廣也从广侈聲春秋國語曰侠溝而𢋁我尺氏切
廉 仄也从广兼聲力兼切
𢉧 開張屋也从广秅聲濟陰有秅縣宅加切
龐 高屋也从广龍聲薄江切
底 山居也一曰下也从广氐聲都礼切
庢 礙止也从广至聲陟栗切
廮 安止也从广嬰聲鉅鹿有廮陶縣於郢切
𢈈 舍也从广犮聲詩曰召伯所𢈈蒲撥切
庳 中伏舍从广卑聲一曰屋庳或讀若逋便俾切
庇 蔭也从广比聲必至切
庶 屋下衆也从广炗炗古文光字臣鉉等曰光亦衆盛也商署切
庤 儲置屋下也从广寺聲直里切
廙 行屋也从广異聲與職切
廔 屋麗廔也从广婁聲一曰穜也洛侯切
𢈹 屋从上傾下也从广隹聲都回切
廢 屋頓也从广發聲方肺切
庮 久屋朽木从广酉聲周禮曰牛夜鳴則庮臭如朽木與久切
廑 少劣之居从广堇聲巨斤切
廟 尊先祖皃也从广朝聲眉召切
庿 古文
𢈝 人相依𢈝也从广且聲子余切
𢉕 屋迫也从广曷聲於歇切
㡿 卻屋也从广屰聲昌石切
廞 陳輿服於庭也从广欽聲讀若歆許今切
廫 空虛也从广膠聲臣鉉等曰今別作寥非是洛蕭切

文四十九　重三

廈 屋也从广夏聲胡雅切
廊 東西序也从广郎聲漢書通用郎魯當切
廂 廊也从广相聲息郎切
庪 祭山曰庪縣从广技聲過委切
庲 地名从广未詳丑拼切
廖 人姓从广未詳當是省廫字尔力救切

文六新附

厂 山石之厓巖人可居象形凡厂之屬皆从厂 呼旱切
厈 籒文从干
厓 山邊也从厂圭聲五佳切
厜 厜㕒山顛也从厂垂聲姊宜切
㕒 厜㕒也从厂義聲魚爲切
𠪚 崟也一曰地名从厂敢聲魚音切
厬 仄出泉也从厂晷聲讀若軌居洧切
厎 柔石也从厂氐聲職雉切
砥 厎或从石
厥 發石也从厂欮聲俱月切
厲 旱石也从厂蠆省聲力制切
𠪿 或不省
厱 厱諸治玉石也从厂僉聲讀若藍魯甘切
厤 治也从厂秝聲郎擊切
𠪂 石利也从厂異聲讀若枲胥里切
𠩫 美石也从厂古聲侯古切
厗 唐厗石也从厂犀省聲杜兮切
𠫂 石聲也从厂立聲盧荅切
𠩬 石地惡也从厂兒聲五歷切
𠫁 石地也从厂金聲讀若紟巨今切
𠪖 石閒見从厂甫聲讀若敷芳無切
厝 厲石也从厂昔聲詩曰他山之石可以爲厝蒼各切又七互切
厖 石大也从厂尨聲莫江切
𠪡 岸上見也从厂从之省讀若躍

以灼切
㕅 𠪚也从厂夾聲胡甲切 仄 側傾也从人在厂下阻力切 𠨷 籀文从矢矢亦聲 𠪚 仄也从厂辟聲普擊切
厞 隱也从厂非聲扶沸切 厭 笮也从厂猒聲一曰合也於輒切又一玉切 厃 仰也从人在厂上一曰屋梠也秦謂之桷齊謂之厃魚毀切

文二十七 重四

丸 圜傾側而轉者从反仄凡丸之屬皆从丸 胡官切
⿰丸咼 鷙鳥食已吐其皮毛如丸从丸咼聲讀若骫於跪切 ⿰丸而 丸之孰也从丸而聲奴禾切 奿 闕 芳萬切

文四

危 在高而懼也从厃自卪止之凡危之屬皆从危 魚爲切
⿰危支 ⿰危支⿰危區也从危支聲去其切

文二

石 山石也在厂之下口象形凡石之屬皆从石 常隻切
磺 銅鐵樸石也从石黃聲讀若穬古猛切 卝 古文礦周禮有卝人 碭 文石也从石昜聲徒浪切 碝 石次玉者从石耎聲而沇切 砮 石可以爲矢鏃从石奴聲夏書曰梁州貢砮丹春秋國語曰肅慎氏貢楛矢石砮乃都切 礜 毒石也出漢中从石與聲羊茹切 碣 特立之石東海有碣石山从石曷聲渠列切 𥕢 古文 磏 厲石也一曰赤色从石兼聲讀若鎌力鹽切 碬 厲石也从石叚聲春秋傳曰鄭公孫碬字子石乎加切 礫 小石也从石樂聲郎擊切 𥓓 水邊石从石巩聲春秋傳曰闕𥓓之甲居竦切 磧 水陼有石者从石責聲七迹切 碑 豎石也从石卑聲府眉切 礈 陊也从石㒸聲徒對切 磒 落也从石員聲春秋傳曰磒石于宋五于敏切 ⿰石炙 碎石隕聲从石炙聲所責切 硞 石聲从石告聲苦角切 硠 石聲从石良聲魯當切 礐 石聲从石學省聲胡角切 硈 石堅也从石吉聲一曰突也格八切 磕 石聲从石盍聲口太切又苦盍切 硻 餘堅者从石堅省口莖切 磿 石聲也从石厤聲郎擊切 磛 礹石也从石斬聲鉏銜切 礹 石山也从石嚴聲五銜切 礊 堅也从石毄聲楷革切 确 礊石也从石角聲臣鉉等曰今俗作確非是胡角切 㱿 确或从㱿 磽 磬石也从石堯聲口交切 硪 石巖也从石我聲五何切 碞 磛喦也从石品周書曰畏于民喦讀與巖同臣鉉等曰从品與喦同意五銜切 磬 樂石也从石殸象縣虡之形殳擊之也古者毋句氏作磬苦定切 殸 籀文省 硜 古文从巠 礙 止也从石疑聲五溉切 硩 上摘山巖空青珊瑚

墮之从石折聲周禮曰有硩蔟氏丑列切

硟 以石扞繒也从石延聲尺戰切

䃁 礦也从石卒聲蘇對切

破 石碎也从石皮聲普過切

礱 䃺也从石龍聲天子之桷椓而礱之盧紅切

研 䃺也从石幵聲五堅切

䃺 石磑也从石靡聲模卧切

磑 䃺也从石豈聲古者公輸班作磑五對切

碓 舂也从石隹聲都隊切

䃍 舂已復擣之曰䃍从石沓聲徒合切

磻 以石箸隿繳也从石番聲博禾切

䂪 研也从石箸聲張略切

硯 石滑也从石見聲五甸切

砭 以石刺病也从石乏聲方彡方驗二切

䃘 石地惡也从石鬲聲下革切

砢 磊砢也从石可聲來可切

磊 衆石也从三石落猥切

文四十九　重五

礪 䃺也从石厲聲經典通用厲力制切

碏 左氏傳衛大夫石碏唐韻云敬也从石未詳昔聲七削切

磯 大石激水也从石幾聲居衣切

碌 石皃从石彔聲盧谷切

砧 石柎也从石占聲知林切

砌 階甃也从石切聲千計切

礩 柱下石也从石質聲之日切

礎 礩也从石楚聲創舉切

硾 擣也从石垂聲直類切

文九 新附

長 久遠也从兀从匕兀者高遠意也久則變化亡聲𠑹者倒亡也凡長之屬皆从長 臣鉉等曰倒亡不亡也長久之義也直良切

𠂑 古文長

𠑷 亦古文長

肆 極陳也从長隶聲息利切

𨲠 或从髟

镾 久長也从長爾聲武夷切

䥫 蛇惡毒長也从長失聲徒結切

文四　重三

勿 州里所建旗象其柄有三游雜帛幅半異所以趣民故遽稱勿勿凡勿之屬皆从勿 文弗切

𣃦 勿或从㫃

昜 開也从日一勿一曰飛揚一曰長也一曰彊者衆皃與章切

文二　重一

冄 毛冄也象形凡冄之屬皆从冄 而琰切

文一

而 頰毛也象毛之形周禮曰作其鱗之而凡而之屬皆从而 臣鉉等曰今俗別作髵非是如之切

耏 罪不至髡也从而从彡奴代切

耐 或从寸諸法度字从寸

文二　重一

豕 彘也竭其尾故謂之豕象毛足而後有尾讀

與豨同按今世字誤以豕爲彘以彘爲豕何以明之爲啄琢从豕蠡从彘皆取其聲以是明之臣鉉等曰此語未詳或後人所加凡豕之屬皆从豕式視切

古文

豕而三毛叢居者从豕者聲陟魚切

小豚也从豕㱿聲步角切

生三月豚腹豯豯皃也从豕奚聲胡雞切

生六月豚从豕從聲一曰一歲豵尚叢聚也子紅切

牝豕也从豕巴聲一曰二歲能相把拏也詩曰一發五豝伯加切

三歲豕肩相及者从豕幵聲詩曰並驅从兩豣兮古賢切

羠豕也从豕賁聲符分切

牡豕也从豕叚聲古牙切

上谷名豬豛从豕役省聲營隻切

豬也从豕隋聲臣鉉等曰當从隨省以水切

齧也从豕皀聲康很切

豕息也从豕壹聲春秋傳曰生敖及豷許利切

豕息也从豕甫聲芳無切

以穀圈養豕也从豕𢍏聲胡慣切

豕屬从豕且聲疾余切

逸也从豕原聲周書曰豲有爪而不敢以撅讀若桓胡官切

豕走豨豨从豕希聲古有封豨脩蛇之害虛豈切

豕絆足行豖豖从豕繫二足丑六切

鬭相丮不解也从豕虍豕虍之鬭不解也讀若蘮蒘草之蘮司馬相如說豦封豕之屬一曰虎兩足舉強魚切

豕怒毛豎一曰殘艾也从豕辛臣鉉等曰从辛未詳魚既切

二豕也豳从此闕伯貧切又呼關切

文二十二　重一

脩豪獸一曰河内名豕也从彑下象毛足凡㣇之屬皆从㣇讀若弟羊至切

籀文

古文

豕屬从㣇囟聲呼骨切

豕鬣如筆管者出南郡从㣇高聲乎刀切

籀文从豕臣鉉等曰今俗別作毫非是

蟲似豪豬者从㣇胃省聲于貴切

或从虫

㣇屬从二㣇息利切

古文𢑛虞書曰𢑛類于上帝

文五　重五

豕之頭象其銳而上見也凡彑之屬皆从彑讀若罽居例切

豕也後蹏發謂之彘从彑矢聲从二匕彘足與鹿足同直例切

豕也从彑从豕讀若弛式視切

豕也从彑

下象其足讀若瑕乎加切

彖 豕走也从彑从豕省通貫切

文五

豚 小豕也从彖省象形从又持肉以給祠祀凡豚之屬皆从豚 徒魂切

豚 篆文从肉豕

䝏 豚屬从豚衛聲讀若罽于歲切

文二　重一

豸 獸長脊行豸豸然欲有所司殺形凡豸之屬皆从豸 池爾切 司殺讀若伺候之伺

豹 似虎圜文从豸勺聲北教切

貙 貙獌似貍者从豸區聲敕俱切

貚 貙屬也从豸單聲徒干切

貔 豹屬出貉國从豸毘聲詩曰獻其貔皮周書曰如虎如貔貔猛獸房脂切

豼 或从比

豺 狼屬狗聲从豸才聲士皆切

貐 貗貐似貙虎爪食人迅走从豸俞聲以主切

貘 似熊而黃黑色出蜀中从豸莫聲莫白切

𧳜 猛獸也从豸庸聲余封切

貜 𧳜貜也从豸矍聲王縛切

貀 獸無前足从豸出聲漢律能捕豺貀購百錢女滑切

貈 似狐善睡獸从豸舟聲論語曰狐貈之厚以居臣鉉等曰舟非聲未詳下各切

豻 胡地野狗从豸干聲五旰切

犴 豻或从犬詩曰宜犴宜獄

貂 鼠屬大而黃黑出胡丁零國从豸召聲都僚切

貉 北方豸種从豸各聲孔子曰貉之爲言惡也莫白切

貆 貉之類从豸亘聲胡官切

貍 伏獸似貙从豸里聲里之切

貒 獸也从豸耑聲讀若湍他耑切

貛 野豕也从豸雚聲呼官切

貁 鼠屬善旋从豸穴聲余救切

文二十　重二

貓 貍屬从豸苗聲莫交切

文一　新附

舄 如野牛而青象形與禽离頭同凡舄之屬皆从舄 徐姊切

兕 古文从儿

文一　重一

易 蜥易蝘蜓守宮也象形祕書說日月爲易象陰陽也一曰从勿凡易之屬皆从易 羊益切

文一

象 長鼻牙南越大獸三年一乳象耳牙四足之

形凡象之屬皆从象徐兩切

豫象之大者賈侍中說不害於物从象予聲羊茹切 古文

文二　重一

說文解字弟九下

說文解字弟十上　漢太尉祭酒許慎記

銀青光祿大夫守右散騎常侍上柱國東海縣開國子食邑五百戶臣徐鉉等奉

敕校定

四十部　八百一十文　重八十七

凡萬四字

文三十一　新附

馬 怒也武也象馬頭髦尾四足之形凡馬之屬皆从馬莫下切

馬 古文 馬 籒文馬與影同有髦 騭 牡馬也从馬陟聲讀若郅之日切 ⿰馬一 馬一歲也从馬一絆其足讀若弦一曰若環戶關切 駒 馬二歲曰駒三歲曰駣从馬句聲舉朱切 ⿰馬八 馬八歲也从馬从八博拔切 䮠 馬一目白曰䮠二目白曰魚从馬閒聲戶閒切

騏 馬青驪文如博棊也从馬其聲渠之切 驪 馬深黑色从馬麗聲呂支切 駽 青驪馬从馬肙聲詩曰駜彼乘駽火元切 騩 馬淺黑色从馬鬼聲俱位切 騮 赤馬黑毛尾也从馬留聲力求切 騢 馬赤白雜毛从馬叚聲謂色似鰕魚也乎加切 騅 馬蒼黑雜毛从馬隹聲職追切 駱 馬白色黑鬣尾也从馬各聲盧各切 駰 馬陰白雜毛黑从馬因聲詩曰有駰有騢於眞切 驄 馬有白雜毛也从馬悤聲倉紅切 驈 驪馬白胯也从馬矞聲詩曰有驈有騜食聿切 駹 馬面顙皆白也从馬尨聲莫江切 騧 黃馬黑喙从馬咼聲古華切 騧 籒文騧 驃 黃馬發白色一曰白髦尾也从馬票聲毗召切 駓 黃馬白毛也从馬丕聲敷悲切 驖 馬赤黑色从馬戴聲詩曰四驖孔阜他結切 馯 馬頭有發赤色者从馬岸聲五旰切 馰 馬白頟也从馬的省聲一曰駿也易曰爲的顙都歷切 駁 馬色不純从馬爻聲臣鉉等曰爻非聲疑象駁文北角切 馵 馬後左足白也从馬二其足讀若注之戍切 驔 驪馬黃脊从馬覃聲讀若簟徒玷切 驠 馬白州也从馬燕聲於甸切 騽 馬豪骭也从馬習聲似入切 ⿰馬倝 馬毛長也从馬倝聲侯旰切 騛 馬逸足也从馬从飛司馬法曰飛衛斯輿甫微切 驁 駿馬以壬申日死乘馬忌之从馬敖聲五到切 驥 千里馬也孫陽所相者从馬冀聲天水有驥縣几利切 駿 馬之良材者从馬夋聲子峻切 驍 良馬也从

馬堯聲古堯切䮔馬小皃从馬垂聲讀若箠之壘切⿰馬𠂹籒文从𠂹驕馬高六尺爲驕从馬喬聲詩曰我馬維驕一曰野
馬舉喬切騋馬七尺爲騋八尺爲龍从馬來聲詩曰騋牝驪牡洛哀切驩馬名从馬雚聲呼官切驗馬名从馬僉聲魚窆切⿰馬此
馬名从馬此聲雌氏切⿰馬休馬名从馬休聲許尤切馼馬赤鬣縞身目若黃金名曰媽吉皇之乘周文王時犬戎獻之从馬从文文亦聲春秋
傳曰媽馬百駟畫馬也西伯獻紂以全其身無分切馶馬彊也从馬支聲章移切駜馬飽也从馬必聲詩云有駜有駜毗必切駫馬盛
肥也从馬光聲詩曰四牡駫駫古熒切騯馬盛也从馬旁聲詩曰四牡騯騯薄庚切⿰馬卬⿰馬卬⿰馬卬馬怒皃从馬卬聲吾浪切驤馬之低仰也从
馬襄聲息良切驀上馬也从馬莫聲莫白切騎跨馬也从馬奇聲渠羈切駕馬在軛中从馬加聲古訝切𩣏籒文
駕騑驂旁馬从馬非聲甫微切駢駕二馬也从馬并聲部田切驂駕三馬也从馬參聲倉含切駟一乘也从馬四
聲息利切駙副馬也从馬付聲一曰近也一曰疾也符遇切⿰馬皆馬和也从馬皆聲戶皆切騀馬搖頭也从馬我聲五可切駊
駊騀也从馬皮聲普火切⿰馬舀馬行皃从馬舀聲土刀切篤馬行頓遲从馬竹聲冬毒切騤馬行威儀也从馬癸聲詩曰四牡騤騤渠
追切⿱學馬馬行徐而疾也从馬學省聲於角切駸馬行疾也从馬侵省聲詩曰載驟駸駸子林切馺馬行相及也从馬从及讀若爾雅
小山馺大山峘穌荅切馮馬行疾也从馬仌聲臣鉉等曰本音皮冰切經典通用爲依馮之馮今別作憑非是房戎切⿰馬耴馬步疾也
从馬耴聲尼輒切騃馬行仡仡也从馬矣聲五駭切驟馬疾步也从馬聚聲鉏又切⿰馬匃馬疾走也从馬匃聲古達切颿
馬疾步也从馬風聲臣鉉等曰舟船之颿本用此字今別作帆非是符嚴切驅馬馳也从馬區聲豈俱切敺古文驅从攴馳
大驅也从馬也聲直离切騖亂馳也从馬敄聲亡遇切⿱列馬次弟馳也从馬列聲力制切騁直馳也从馬甹聲丑郢切駾
馬行疾來皃从馬兌聲詩曰昆夷駾矣他外切⿰馬失馬有疾足从馬失聲大結切駻馬突也从馬旱聲侯旰切駧馳馬洞去也从
馬同聲徒弄切驚馬駭也从馬敬聲舉卿切駭驚也从馬亥聲侯楷切騫馬腹縶也
从馬寒省聲去虔切駐馬立也从馬主聲中句切馴馬順也从馬川聲詳遵切駗馬載重難也从馬㐱聲張人切驙駗驙
也从馬亶聲易曰乘馬驙如張連切驇馬重皃从馬執聲陟利切⿰馬鞠馬曲脊也从馬鞠聲巨六切騬犗馬也从馬乘聲食
陵切⿰馬介系馬尾也从馬介聲古拜切騷擾也一曰摩馬从馬蚤聲穌遭切馽絆馬也从馬口其足春秋傳曰韓厥執馽前讀若
輒陟立切縶馽或从糸執聲駘馬銜脫也从馬台聲徒哀切駔牡馬也从馬且聲一曰馬蹲駔也子朗切⿰馬申

廄御也从馬芻聲側鳩切
驛 置騎也从馬睪聲羊益切
馹 驛傳也从馬日聲人質切
騰 傳也从馬朕聲一曰騰犗馬也徒登切
⿰馬隺 苑名一曰馬白額从馬隺聲下各切
駉 牧馬苑也从馬冋聲詩曰在駉之野古熒切
駪 馬衆多皃从馬先聲所臻切
駮 獸如馬倨牙食虎豹从馬交聲北角切
駃 駃騠馬父蠃子也从馬夬聲臣鉉等曰今俗與快同用古穴切
騠 駃騠也从馬是聲杜兮切
驘 驢父馬母从馬𣎆聲洛戈切
騾 或从蠃
驢 似馬長耳从馬盧聲力居切
⿰馬冡 驢子也从馬冡聲莫紅切
驒 驒騱野馬也从馬單聲一曰青驪白鱗文如鼉魚代何切
騱 驒騱馬也从馬奚聲胡雞切
騊 騊駼北野之良馬从馬匋聲徒刀切
駼 騊駼也从馬余聲同都切
驫 衆馬也从三馬甫虬切

文一百一十五　重八

駛 疾也从馬吏聲疏吏切
駥 馬高八尺从馬戎聲如融切
騣 馬鬛也从馬㚇聲子紅切
馱 負物也从馬大聲此俗語也唐佐切
騂 馬赤色也从馬觲省聲息營切

文五　新附

廌 解廌獸也似山牛一角古者決訟令觸不直象形从豸省凡廌之屬皆从廌　宅買切

⿱廌孝 解廌屬从廌孝聲闕古孝切
薦 獸之所食艸从廌从艸古者神人以廌遺黃帝帝曰何食何處曰食薦夏處水澤冬處松柏作甸切
灋 刑也平之如水从水廌所以觸不直者去之从去方乏切
法 今文省
佱 古文

文四　重二

鹿 獸也象頭角四足之形鳥鹿足相似从匕凡鹿之屬皆从鹿　盧谷切
麚 牡鹿从鹿叚聲以夏至解角古牙切
麟 大牝鹿也从鹿粦聲力珍切
⿸鹿耎 鹿麛也从鹿耎聲讀若偄弱之偄奴亂切
⿸鹿速 鹿迹也从鹿速聲桑谷切
麛 鹿迹也从鹿弭聲莫兮切
麉 鹿之絕有力者从鹿幵聲古賢切
麒 仁獸也麇身牛尾一角从鹿其聲渠之切
麐 牝麒也从鹿吝聲力珍切
麋 鹿屬从鹿米聲麋冬至解其角武悲切
麎 牝麋也从鹿辰聲植鄰切
⿸鹿旨 大麋也狗足从鹿旨聲居履切
麂 或从几
麇 麞也从鹿囷省聲居筠切
麕 籀文不省
麞 麋屬从鹿章聲諸良切
麔 麋牡者从鹿咎聲其久切
麠 大鹿也牛尾一角从鹿畺聲舉卿切
麖

或从京 麃 麠屬从鹿票省聲薄交切 麈 麋屬从鹿主聲之庾切 麑 狻麑獸也从鹿兒聲五雞切 麙 山羊而大者細角从鹿咸聲胡毚切 麢 大羊而細角从鹿霝聲郎丁切 䴥 鹿屬从鹿圭聲古攜切 麝 如小麋臍有香从鹿射聲神夜切 ⿸鹿與 似鹿而大也从鹿與聲羊茹切 麗 旅行也鹿之性見食急則必旅行从鹿丽聲禮麗皮納聘蓋鹿皮也郎計切 丽 古文 籀文麗字 麀 牝鹿也从鹿从牝省於虯切 或从幽聲

文二十六 重六

麤 行超遠也从三鹿凡麤之屬皆从麤 倉胡切

⿱麤土 鹿行揚土也从麤从土直珍切 籀文

文二 重一

㲋 獸也似兔青色而大象形頭與兔同足與鹿同凡㲋之屬皆从㲋 丑略切

籀文 毚 狻兔也兔之駿者从㲋兔士咸切 獸名从㲋吾聲讀若寫司夜切 獸也似牲牲从㲋夬聲古穴切

文四 重一

兔 獸名象踞後其尾形兔頭與㲋頭同凡兔之屬皆从兔 湯故切

逸 失也从辵兔兔謾訑善逃也夷質切 冤 屈也从兔从冂兔在冂下不得走益屈折也於袁切 娩 兔子也娩疾也从女兔芳萬切 㲜 疾也从三兔闕芳遇切

文五

⿰兔夋 狡兔也从兔夋聲七旬切

文一 新附

萈 山羊細角者从兔足苜聲凡萈之屬皆从萈讀若丸寬字从此 臣鉉等曰苜徒結切非聲疑象形 胡官切

文一

犬 狗之有縣蹏者也象形孔子曰視犬之字如畫狗也凡犬之屬皆从犬 苦泫切

狗 孔子曰狗叩也叩气吠以守从犬句聲古厚切
獀 南越名犬獿獀从犬叟聲所鳩切
尨 犬之多毛者从犬从彡詩曰無使尨也吠莫江切
狡 少狗也从犬交聲匈奴地有狡犬巨口而黑身古巧切
獪 狡獪也从犬會聲古外切
⿰犭農 犬惡毛也从犬農聲奴刀切
猲 短喙犬也从犬曷聲詩曰載獫猲獢爾雅曰短喙犬謂之猲獢許謁切
獢 猲獢也从犬喬聲許嬌切
獫 長喙犬一曰黑犬黃頭从犬僉聲虛檢切
⿰犭主 黃犬黑頭从犬主聲讀若注之戍切
猈 短脛狗从犬卑聲薄蟹切
猗 犗犬也从犬音聲於蕮切
狊 犬視皃从犬目古闃切
⿰犭音 竇中犬聲从犬从音音亦聲乙咸切
默 犬暫逐人也从犬黑聲讀若墨莫北切
猝 犬从艸暴出逐人也从犬卒聲麤沒切
猩 猩猩犬吠聲从犬星聲桑經切
⿰犭兼 犬吠不止也从犬兼聲讀若檻一曰兩犬爭也胡黯切
⿰犭敢 小犬吠从犬敢聲南陽新亭有⿰犭敢鄉荒檻切
猥 犬吠聲从犬畏聲烏賄切
獿 獿⿰犭翏也从犬夒聲女交切
⿰犭翏 犬獿獿咳吠也从犬翏聲火包切
⿰犭參 犬容頭進也从犬參聲一曰賊疾也山檻切
獎 嗾犬厲之也从犬將省聲即兩切
⿰犭戔 齧也从犬戔聲初版切
⿰犭冊 惡健犬也从犬刪省聲所晏切
狠 吠鬭聲从犬艮聲五還切
⿰犭番 犬鬭聲从犬番聲附袁切
狋 犬怒皃从犬示聲一曰犬難得代郡有狋氏縣讀又若銀語其切
⿰犭斤 犬吠聲从犬斤聲語斤切
獡 犬獡獡不附人也从犬舄聲南楚謂相驚曰獡讀若愬式略切
獷 犬獷獷不可附也从犬廣聲漁陽有獷平縣古猛切
狀 犬形也从犬爿聲鉏亮切
⿰犭壯 妄彊犬也从犬从壯壯亦聲徂朗切
獒 犬如人心可使者从犬敖聲春秋傳曰公嗾夫獒五牢切
獳 怒犬皃从犬需聲讀若槈奴豆切又乃侯切
狧 犬食也从犬从舌讀若比目魚鰈之鰈他合切
狎 犬可習也从犬甲聲胡時切
狃 犬性驕也从犬丑聲女久切
犯 侵也从犬㔾聲防險切
猜 恨賊也从犬青聲倉才切
猛 健犬也从犬孟聲莫杏切
犺 健犬也从犬亢聲苦浪切
⿰犭去 多畏也从犬去聲去劫切
怯 杜林說⿰犭去从心
獜 健也从犬粦聲詩曰盧獜獜力珍切
獧 疾跳也一曰急也从犬瞏聲古縣切
倏 走也从犬攸聲讀若叔式竹切
狟 犬行也从犬亘聲周書曰尚狟狟胡官切
犻 過弗取也从犬市聲讀若孛蒲沒切
⿰犭易 犬張耳皃从犬易聲陟革切
猌 犬張齗怒也从犬來聲讀又若銀魚僅切
犮 走犬皃从犬而丿之也其足則刺犮也蒲撥切
戾 曲也从犬出戶下戾者身曲戾也郎計切
獨 犬相得而鬭也从犬蜀聲羊爲羣犬爲獨也一曰北嚻山有獨浴獸如虎白身豕鬣尾如馬徒谷切
⿰犭谷 獨⿰犭谷獸也从犬谷聲余蜀切
獮 秋田也从犬璽聲息淺切
⿰示豕 獮或从豕宗廟之田也故从豕示
獵 放獵逐禽也从犬巤聲良涉切
獠 獵也从犬尞聲力昭切
狩 犬田也从犬守聲易曰明夷于南狩書究切
臭 禽走臭而

知其迹者犬也从犬从自臣鉉等曰自古鼻字犬走以鼻知臭故从自尺救切

獲 獵所獲也从犬蒦聲胡伯切

獘 頓仆也从犬敝聲春秋傳曰與犬犬獘

斃 獘或从死毗祭切

獻 宗廟犬名羹獻犬肥者以獻之从犬鬳聲許建切

犴 猚犬也从犬幵聲一曰逐虎犬也五甸切

獟 狃犬也从犬堯聲五吊切

狾 狂犬也从犬折聲春秋傳曰狾犬入華臣氏之門征例切

狂 狾犬也从犬㞷聲巨王切

㞷 古文从心

類 種類相似唯犬爲甚从犬頪聲力遂切

狄 赤狄本犬種狄之爲言淫辟也从犬亦省聲徒歷切

狻 狻麑如虦貓食虎豹者从犬夋聲見爾雅素官切

玃 母猴也从犬矍聲爾雅云玃父善顧攫持人也俱縛切

猶 玃屬从犬酋聲一曰隴西謂犬子爲猷以周切

狙 玃屬从犬且聲一曰狙犬也暫齧人者一曰犬不齧人也親去切

猴 夒也从犬侯聲乎溝切

㺇 犬屬𦢊已上黄𦢊已下黑食母猴从犬㱿聲讀若構或曰㱿似牂羊出蜀北嚻山中犬首而馬尾火屋切

狼 似犬銳頭白頰高前廣後从犬良聲魯當切

狛 如狼善驅羊从犬白聲讀若蘖甯嚴讀之若淺泊匹各切

獌 狼屬从犬曼聲爾雅曰貙獌似貍舞販切

狐 䄏獸也鬼所乘之有三德其色中和小前大後死則丘首从犬瓜聲戶吳切

獺 如小狗也水居食魚从犬賴聲他達切

猵 獺屬从犬扁聲布兹切

獱 或从賓

猋 犬走皃从三犬甫遙切

文八十三　重五

狘 獸走皃从犬戉聲許月切

獐 獸名从犬章聲許韋切

狷 褊急也从犬肙聲古縣切

猰 猰㺄獸名从犬契聲烏黠切

文四　新附

㹜 兩犬相齧也从二犬凡㹜之屬皆从㹜語斤切

𤞞 司空也从㹜𦣞聲復說獄司空息兹切

獄 确也从㹜从言二犬所以守也魚欲切

文三

鼠 穴蟲之總名也象形凡鼠之屬皆从鼠書呂切

鐇 鼠也从鼠番聲讀若樊或曰鼠婦附袁切

⿰鼠各 鼠出胡地皮可作裘从鼠各聲下各切

鼢 地行鼠伯勞所作也一曰偃鼠从鼠分聲芳吻切

蚡 或从虫分

鼮 鼮令鼠从鼠平聲薄經切

鼶 鼠也从鼠虒聲息移切

䶉 竹鼠也如犬从鼠留省聲力求切

鼫 五技鼠也能飛不能過屋能緣不能窮木能游不能渡谷能穴不能掩身能走不能先人从鼠石聲常隻切

鼨 豹文鼠也从鼠冬聲職戎切

⿰鼠夂 籀文省

⿰鼠益 鼠屬从鼠益聲於革切

⿰豸益 或从豸

鼷 小鼠也从鼠奚聲胡雞切

鼩 精鼩鼠也从鼠句聲其俱切

鼸 鼢也从鼠兼聲丘檢切

⿰鼠今 鼠屬从鼠今聲讀若含胡男切

鼬 如鼠赤黃而大食鼠者从鼠由聲余救切

⿰鼠勺 胡地風鼠从鼠勺聲之若切

⿰鼠宂 鼠屬从鼠宂聲而隴切

⿱此鼠 鼠似雞鼠尾从鼠此聲即移切

鼲 鼠出丁零胡皮可作裘从鼠軍聲乎昆切

⿰胡鼠 斬⿰胡鼠鼠黑身白腰若帶手有長白毛似握版之狀類蝯蜼之屬从鼠胡聲户吴切

文二十　重三

能 熊屬足似鹿从肉㠯聲能獸堅中故稱賢能而彊壯稱能傑也凡能之屬皆从能臣鉉等曰㠯非聲疑皆象形奴登切

文一

熊 獸似豕山居冬蟄从能炎省聲凡熊之屬皆从熊羽弓切

羆 如熊黃白文从熊罷省聲彼爲切

⿰能皮 古文从皮

文二　重一

火 燬也南方之行炎而上象形凡火之屬皆从火呼果切

炟 上諱臣鉉等曰漢章帝名也唐韻曰火起也从火旦聲當割切

⿰火尾 火也从火尾聲詩曰王室如⿰火尾許偉切

燬 火也从火毀聲春秋傳曰衛侯燬許偉切

燹 火也从火豩聲穌典切

焌 然火也从火夋聲周禮曰遂籥其焌焌火在前以焞焯龜子寸切又倉聿切

尞 柴祭天也从火从昚昚古文慎字祭天所以慎也力照切

然 燒也从火肰聲臣鉉等曰今俗別作燃蓋後人增加如延切

⿱艸難 或从艸難臣鉉等案艸部有⿱艸難注云艸也此重出

爇 燒也从火蓺聲春秋傳曰爇僖負羈臣鉉等案說文無蓺字當从火从艸熱省聲如劣切

燔 爇也从火番聲附袁切

燒 爇也从火堯聲式昭切

烈 火猛也从火列聲良薛切

炪 火光也从火出聲商書曰予亦炪謀讀若巧拙之拙職悅切

熚 熚𤈕火皃从火畢聲卑吉切

𤈕 熚𤈕也从火𩁹聲𩁹籒文悖字敷勿切

烝 火气上行也从火丞聲煑仍切

烰 烝也从火孚聲詩曰烝之烰烰縛牟切

煦 烝也一曰赤皃一曰溫潤也从火昫聲香句切

熯 乾皃从火漢省聲詩曰我孔熯矣人善切

炥 火皃从火弗聲普活切

熮 火皃从火翏聲逸周書曰味辛而不熮洛蕭切

焛 火皃从火𠓜省

聲讀若粦　良刃切

⿱雁火　火色也从火雁聲讀若鴈　五晏切

熲　火光也从火頃聲　古迥切

爚　火飛也从火龠聲一曰熱也　以灼切

熛　火飛也从火𤐫聲讀若摽　甫遙切

熇　火熱也从火高聲詩曰多將熇熇臣鉉等曰高非聲當从嗃省　火屋切

烄　交木然也从火交聲　古巧切

𤆄　小爇也从火干聲詩曰憂心𤆄𤆄臣鉉等曰干非聲未詳　直廉切

燋　所以然持火也从火焦聲周禮曰以明火爇燋也　即消切

炭　燒木餘也从火岸省聲　他案切

⿱差火　炭也从火差省聲讀若齹　楚宜切

⿱教火　交灼木也从火教省聲讀若狡　古巧切

灰　死火餘⿱聿火也从火从又又手也火既滅可以執持　呼恢切

炱　灰炱煤也从火台聲　徒哀切

煨　盆中火从火畏聲　烏灰切

熄　畜火也从火息聲亦曰滅火　相即切

烓　行竈也从火圭聲讀若同　口迥切

煁　烓也从火甚聲　氏任切

燀　炊也从火單聲春秋傳曰燀之以薪　充善切

炊　爨也从火吹省聲　昌垂切

烘　尞也从火共聲詩曰卬烘于煁　呼東切

齌　炊餔疾也从火齊聲　在詣切

熹　炙也从火喜聲　許其切

煎　熬也从火前聲　子仙切

熬　乾煎也从火敖聲　五牢切

⿱敖麥　熬或从麥

炮　毛炙肉也从火包聲　薄交切

㶼　炮肉以微火溫肉也从火衣聲　烏痕切

⿱曾火　置魚筩中炙也从火曾聲　作滕切

⿱畐火　以火乾肉从火稫聲臣鉉等案說文無稫字當从𥼶省疑傳寫之誤　符逼切

⿱𥼶火　籒文不省

爆　灼也从火暴聲　蒲木切臣鉉等曰今俗音豹火裂也

煬　炙燥也从火昜聲　余亮切

⿰火隺　灼也从火隺聲　胡沃切

爤　孰也从火蘭聲　郎旰切

⿰火閒　或从簡

爢　爤也从火靡聲　靡爲切

尉　从上案下也从𡰥又持火以尉申繒也臣鉉等曰今俗別作熨非是　於胃切

𤓹　灼龜不兆也从火从龜春秋傳曰龜𤓹不兆讀若焦　即消切

灸　灼也从火久聲　舉友切

灼　炙也从火勺聲　之若切

煉　鑠治金也从火柬聲　郎電切

燭　庭燎火燭也从火蜀聲　之欲切

熜　然麻蒸也从火悤聲　作孔切

灺　燭⿱聿火也从火也聲　徐野切

⿱聿火　火餘也从火聿聲一曰薪也臣鉉等曰聿非聲疑从𦘒省今俗別作燼非是　徐刃切

焠　堅刀刃也从火卒聲　七內切

煣　屈申木也从火柔柔亦聲　人久切

燓　燒田也从火棥棥亦聲　附袁切

燫　火煣車網絕也从火兼聲周禮曰煣牙外不燫　力鹽切

燎　放火也从火尞聲　力小切

⿱𡦜火　火飛也从火𡦜與䙴同意　方昭切

⿰火曹　焦也从火曹聲　作曹切

⿱雥火　火所傷也从火雥聲　即消切

焦　或省

烖　天火曰烖从火𢦏聲　祖才切

灾　或从宀火

㷵　古文从才

災　籒文从巛

煙　火气也从火垔聲　烏前切

烟　或从因

𡨴　古文

⿱宀⿰火垔　籒文从宀

焆　焆焆煙皃从火肙聲　因悅切

熅　鬱煙也从火𥁕聲　於云切

⿰火皀　望火皃从火皀聲讀若馰顙之馰　都歷切

燂　火熱也从火覃聲　火甘切又徐鹽切

焞　明也从火享聲春秋傳曰焞燿天地　他昆切

炳 明也从火丙聲兵永切
焯 明也从火卓聲周書曰焯見三有俊心之若切
照 明也从火昭聲之少切
煒 盛赤也从火韋聲詩曰彤管有煒于鬼切
⿰火多 盛火也从火从多昌氏切
熠 盛光也从火習聲詩曰熠熠宵行羊入切
煜 熠也从火昱聲余六切
燿 照也从火翟聲弋笑切
煇 光也从火軍聲況韋切
煌 煌煇也从火皇聲胡光切
焜 煌也从火昆聲孤本切
炯 光也从火同聲古迥切
爗 盛也从火曅聲詩曰爗爗震電筠輒切
爓 火門也从火閻聲余廉切
炫 燿燿也从火元聲胡畎切
光 明也从火在人上光明意也古皇切
炗 古文
𤎫 古文
熱 溫也从火埶聲如列切
熾 盛也从火戠聲昌志切
㶴 古文熾
燠 熱在中也从火奧聲烏到切
煖 溫也从火爰聲況袁切
煗 溫也从火耎聲乃管切
炅 見也从火日古迥切
炕 乾也从火亢聲苦浪切
燥 乾也从火喿聲穌到切
威 滅也从火戌火死於戌陽氣至戌而盡詩曰赫赫宗周褒似威之許劣切
焅 旱气也从火告聲苦沃切
燾 溥覆照也从火壽聲徒到切
爟 取火於日官名舉火曰爟周禮曰司爟掌行火之政令从火雚聲古玩切
烜 或从亘
𤏶 燧候表也邊有警則舉火从火逢聲敷容切
爝 苣火祓也从火爵聲呂不韋曰湯得伊尹爝以爟火釁以犧豭子肖切
熭 暴乾火也从火彗聲于歲切
熙 燥也从火配聲許其切

文一百一十二　重十五

爞 旱气也从火蟲聲直弓切
煽 熾盛也从火扇聲式戰切
烙 灼也从火各聲盧各切
爍 灼爍光也从火樂聲書藥切
燦 燦爛明瀞皃从火粲聲倉案切
煥 火光也从火奐聲呼貫切

文六　新附

炎 火光上也从重火凡炎之屬皆从炎于廉切
燄 火行微燄燄也从炎臽聲以冄切
⿰炎舌 火光也从炎舌聲臣鉉詩曰舌非聲當从甛省以冄切
⿱炎㐭 侵火也从炎㐭聲讀若桑甚之甚力荏切
⿰炎占 火行也从炎占聲舒贍切
燅 於湯中爚肉从炎从熱省徐鹽切
⿰炙炎 或从炙
燮 大熟也从又持炎辛辛者物熟味也蘇俠切
粦 兵死及牛馬之血爲粦粦鬼火也从炎舛良刃切徐鍇曰案博物志戰鬭死亡之處有人馬血積中爲粦著地入艸木如霜露不可見有觸者著人體後有光拂拭即散無數又有吒聲如鬻豆舛者人足也言光行著人

文八　重一

黑 火所熏之色也从炎上出囪囪古窻字凡黑之屬皆从黑呼北切

黸 齊謂黑為黸从黑盧聲洛乎切 䵳 沃黑色从黑會聲惡外切 黯 深黑也从黑音聲乙減切 黶 中黑也从黑厭
聲於王切 黳 小黑子从黑殹聲烏雞切 䵣 白而有黑也从黑旦聲五原有莫䵣縣當割切 黬 雖皙而黑也从黑箴聲
古人名黬字皙古咸切 䵘 赤黑也从黑昜聲讀若煬餘亮切 黲 淺青黑也从黑參聲七感切 黤 青黑也从黑奄聲
於檻切 黝 微青黑色从黑幼聲爾雅曰地謂之黝於糾切 黗 黃濁黑从黑屯聲他衮切 點 小黑也从黑占聲多忝切
黚 淺黃黑也从黑甘聲讀若染繒中束緅黚巨淹切 黅 黃黑也从黑金聲古咸切 黦 黑有文也从黑冤聲讀若飴盌字於月切
䵵 黃黑而白也从黑算聲一曰短黑讀若以芥為齏名曰芥荃也初刮切 䵡 黑皺也从黑幵聲古典切 黠 堅黑也从黑吉
聲切八切 黔 黎也从黑今聲秦謂民為黔首謂黑色也周謂之黎民易曰為黔喙巨淹切 黕 滓垢也从黑冘聲都感切 黨
不鮮也从黑尚聲多朗切 黷 握持垢也从黑賣聲易曰再三黷徒谷切 黵 大汙也从黑詹聲當敢切 黴 中久雨青黑从黑微省聲
武悲切 黜 貶下也从黑出聲丑律切 䵧 盤姍下色从黑般聲薄盛切 黱 畫眉也从黑朕聲徒耐切 儵 青黑繒縫
白色也从黑攸聲式者切 黬 羔裘之縫从黑或聲于逼切 黖 黖謂之垽垽滓也从黑殿省聲堂練切 黮 桑葚之黑也从黑甚

聲他感切 黭 果實黭黯黑也从黑弇聲烏感切 黥 墨刑在面也从黑京聲渠京切 剠 黥或从刀 黵 黵者忘而
息也从黑敢聲於檻切 黟 黑木也从黑多聲丹陽有黟縣烏雞切

文三十七 重一

說文解字第十上

說文解字弟十 下　漢太尉祭酒許慎記

銀青光祿大夫守右散騎常侍上柱國東海縣開國子食邑五百户臣徐鉉等奉

敕校定

囪 在牆曰牖在屋曰囪象形凡囪之屬皆从囪 楚江切

窻 或从穴 囱 古文 悤 多遽悤悤也从心从囪囪亦聲倉紅切

文二　重二

焱 火華也从三火凡焱之屬皆从焱 以冉切

熒 屋下燈燭之光从焱冂户扃切 燊 盛皃从焱在木上讀若詩莘莘征夫一曰役也所臻切

文三

炙 炮肉也从肉在火上凡炙之屬皆从炙 之石切

[illegible] 籀文 [illegible] 宗廟火孰肉从炙番聲春秋傳曰天子有事[illegible]焉以饋同姓諸侯附袁切 [illegible] 炙也从炙尞聲讀若䭕燎力照切

文三　重一

赤 南方色也从大从火凡赤之屬皆从赤 昌石切

烾 古文从炎土 赨 赤色也从赤蟲省聲徒冬切 [illegible] 日出之赤从赤穀省聲火沃切 赧 面慙赤也从赤𠬝聲周失天下於赧王女版切

赬 赤色也从赤巠聲詩曰魴魚赬尾敕貞切 䞓 赬或从貞 [illegible] 或从丁 浾 棠棗之汁或从水 泟 浾或从正

赭 赤土也从赤者聲之也切 䞈 赤色也从赤倝聲讀若浣胡玩切 赫 火赤皃从二赤呼格切

文八　重五

赩 大赤也从赤色色亦聲許力切 赮 赤色也从赤叚聲乎加切

文二 新附

大 天大地大人亦大故大象人形古文大 他達切

凡大之屬皆从大 徒蓋切

奎 兩髀之閒从大圭聲苦圭切 夾 持也从大俠二人古狎切 奄 覆也大有餘也又欠也从大从申申展也依檢切 夸 奢也从大于聲苦瓜切

奢 奢查也从大亘聲胡官切 [illegible] 窊大也从大瓜聲烏瓜切 奯 空大也从大歲聲讀若詩施

罟泧泧呼括切

大也从大戜聲讀若詩戜戜大猷直質切

奅 大也从大卯聲匹貌切

夽 大也从大云聲魚吻切

奃 大也从大氐聲讀若氐都兮切

大也从大介聲讀若蓋古拜切

瞋大也从大此聲火戒切

大也从大弗聲讀若予違汝弼房密切

大也从大屯聲讀若鶉常倫切

契 大約也从大从㓞易曰後代聖人易之以書契苦計切

夷 平也从大从弓東方之人也以脂切

文十八

亦 人之臂亦也从大象兩亦之形凡亦之屬皆从亦 臣鉉等曰今別作腋非是羊益切

夾 盜竊褱物也从亦有所持俗謂蔽人俾夾是也弘農陜字从此失冉切

文二

夨 傾頭也从大象形凡夨之屬皆从夨 阻力切

頭傾也从夨吉聲讀若孑古屑切

奊 頭衺骫奊態也从夨圭聲胡結切

吳 姓也亦郡也一曰吳大言也从夨口五乎切 臣鉉等曰徐鍇曰大言故夨口以出聲詩曰不吳不揚今寫詩者改吳作吴又音乎化切其謬甚矣

古文如此

文四 重一

夭 屈也从大象形凡夭之屬皆从夭 於兆切

喬 高而曲也从夭从高省詩曰南有喬木巨嬌切

幸 吉而免凶也从屰从夭夭死之事故死謂之不幸胡耿切

奔 走也从夭賁省聲與走同意俱从夭博昆切

文四

交 交脛也从大象交形凡交之屬皆从交 古爻切

衺也从交韋聲羽非切

絞 縊也从交从糸古巧切

文三

尣 𡯁曲脛也从大象偏曲之形凡尣之屬皆从尣 烏光切

古文从㞷

尳 厀病也从尣从骨骨亦聲戶骨切

蹇也从尣皮聲布火切

𡯃𡯃行不正从尣左聲則箇切

行不正也从尣艮聲讀若燿弋笑切

尲 不正也从尣兼聲古咸切

尬 尲尬也从尣介聲公八切又古拜切

尥 行脛相交也从尣勺聲牛行腳相交爲尥力弔切

尥不能行爲人所引曰𡰝𡰝从尣从爪是聲都兮切

𡰝𡰝也从尣从爪巂聲戶圭切

股尣也从尣于聲乙于切

厀中病也从尣从羸郎果切

文十二 重一

壺 昆吾圜器也象形从大象其蓋也凡壺之屬皆从壺 户吳切

壼 壹壼也从凶从壺不得泄凶也易曰天地壹壼 於云切

文二

壹 專壹也从壺吉聲凡壹之屬皆从壹 於悉切

懿 專久而美也从壹从恣省聲 乙冀切

文二

㚔 所以驚人也从大从羊一曰大聲也凡㚔之屬皆从㚔一曰讀若瓠一曰俗語以盜不止爲㚔㚔讀若籋 尼輒切

睪 目視也从橫目从㚔令吏將目捕罪人也 羊益切

執 捕罪人也从丮从㚔㚔亦聲 之入切

圉 囹圄所以拘罪人从㚔从口一曰圉垂也一曰圉人掌馬者 魚舉切

盩 引擊也从㚔攴見血也扶風有盩厔縣 張流切

報 當罪人也从㚔从𠬝𠬝服罪也 博号切

𥷚 窮理罪人也从㚔从人从言竹聲 居六切 𥫔 或省言

文七 重一

奢 張也从大者聲凡奢之屬皆从奢 式車切

奓 籒文臣鉉等曰今俗作陟加切以爲奓厚之奓非是

奲 富奲奲皃从奢單聲 丁可切

文二 重一

亢 人頸也从大省象頸脈形凡亢之屬皆从亢 古郎切

頏 亢或从頁

䟘 直項莽䟘皃从亢从夋夋倨也亢亦聲 岡朗切又胡朗切

文二 重一

夲 進趣也从大从十大十猶兼十人也凡夲之屬皆从夲讀若滔 土刀切

㚏 疾也从夲卉聲拜从此 呼骨切

暴 疾有所趣也从日出夲廾之 薄報切

𠦒 進也从夲从屮允聲易曰𠦒升大吉 余準切

奏 奏進也从夲从廾从屮屮上進之義 則候切 古文 亦古文

皋 气皋白之進也从夲从白

禮祝曰皋登謌曰奏故皋奏皆从夲周禮曰詔來鼓皋舞皋告之也古勞切

文六　重二

夰　放也从大而八分也凡夰之屬皆从夰　古老切

[illegible]　舉目驚[illegible]然也从夰从䀠䀠亦聲九遇切

奡　嫚也从百从夰夰亦聲虞書曰若丹朱奡讀若傲論語曰奡湯舟五到切

昦　春爲昦天元气昦昦从日夰夰亦聲胡老切

臩　驚走也一曰往來也从夰臦周書曰伯臩古文臦古文囧字臣鉉等曰臦居況切臦猶乖也臦亦聲言古囧字未詳具往切

文五

亣　籒文大改古文亦象人形凡大之屬皆从大　他達切

奕　大也从大亦聲詩曰奕奕梁山羊益切

奘　駔大也从大从壯壯亦聲徂朗切

臭　大白澤也从大从白古文以爲澤字古老切

奚　大腹也从大𦃃省聲𦃃籒文系字胡雞切

耎　稍前大也从大而聲讀若畏偄而沇切

[illegible]　大皃从大[illegible]聲或曰拳勇字一曰讀若傿乙獻切

奰　壯大也从三大三目二目爲㗊三目爲奰益大也一曰迫也讀若易虙羲氏詩曰不醉而怒謂之奰平祕切

文八

夫　丈夫也从大一一以象簪也周制以八寸爲尺十尺爲丈人長八尺故曰丈夫凡夫之屬皆从夫　甫無切

規　有法度也从夫从見居隨切

扶　並行也从二夫輦字从此讀若伴侶之伴薄旱切

文三

立　住也从大立一之上臣鉉等曰大人也一地也會意　凡立之屬皆从立　力入切

𥩟　臨也从立从隶力至切

[illegible]　磊[illegible]重聚也从立臺聲丁罪切

端　直也从立耑聲多官切

竱　等也从立專聲春秋國語曰竱本肇末旨兖切

竦　敬也从立从束束自申束也息拱切

竫　亭安也从立爭聲疾郢切

靖　立竫也从立青聲一曰細皃疾郢切

竢　待也从立矣聲牀史切

[illegible]　或从巳

竘　健也一曰匠也从立句聲讀若齲逸周書有竘匠丘羽切

竵　不正也从立[illegible]聲火[illegible]切

竭　負舉也从立曷聲渠列切

[illegible]　待也从立須聲相俞切

[illegible]　或从芻聲

[illegible]　痿也从立羸聲力臥切

竣　偓竣也从立夋聲國語曰有司已事而竣七倫切

[illegible]　見鬼魅皃从立从彔彔籒文魅字讀若虙羲氏之虙房六切

[illegible]　驚皃从立昔聲七雀切

[illegible]　短人立[illegible][illegible]皃从立卑聲傍下切

[illegible]　北地高樓無屋者从立曾聲七耕切

文十九　重二

竝 併也从二立凡竝之屬皆从竝蒲迥切

㬱 廢一偏下也从竝白聲他計切

㬱 或从曰

㬱 或从兟从曰臣鉉等曰今俗作替非是

文二　重二

囟 頭會匘蓋也象形凡囟之屬皆从囟息進切

𦞤 或从肉宰

𠀀 古文囟字

巤 毛巤也象髮在囟上及毛髮巤巤之形此與籒文子字同良涉切

䏶 人臍也从囟囟取气通也从比聲房脂切

文三　重二

思 容也从心囟聲凡思之屬皆从思息茲切

慮 謀思也从思虍聲良據切

文二

心 人心土藏在身之中象形博士說以爲火藏凡心之屬皆从心息林切

息 喘也从心从自自亦聲相即切

情 人之陰气有欲者从心青聲疾盈切

性 人之陽气性善者也从心生聲息正切

志 意也从心之聲職吏切

意 志也从心察言而知意也从心从音於記切

恉 意也从心旨聲職雉切

悳 外得於人內得於己也从直从心多則切

㥁 古文

應 當也从心䧹聲於陵切

慎 謹也从心眞聲時刃切

昚 古文

忠 敬也从心中聲陟弓切

愨 謹也从心㱿聲苦角切

㦌 美也从心貇聲莫角切

快 喜也从心夬聲苦夬切

愷 樂也从心豈聲臣鉉等曰豈部已有此重出苦亥切

㥦 快心从心匧聲苦叶切

念 常思也从心今聲奴店切

怤 思也从心付聲甫無切

憲 敏也从心从目害省聲許建切

憕 平也从心登聲直陵切

戁 敬也从心難聲女版切

忻 闓也从心斤聲司馬法曰善者忻民之善閉民之惡許斤切

⿰忄重 遲也从心重聲直隴切

惲 重厚也从心軍聲於粉切

惇 厚也从心享聲都昆切

忼 慨也从心亢聲一曰易忼龍有悔臣鉉等曰今俗別作慷非是苦浪切又口朗切

慨 忼慨壯士不得志也从心既聲古漑切

悃 愊也从心困聲苦本切

愊 誠志也从心畐聲芳逼切

愿 謹也从心原聲魚怨切

慧 儇也从心彗聲胡桂切

憭 慧也从心尞聲力小切

恔 憭也从心交聲下交切又古了切

瘱 靜也从心疢聲臣鉉等曰疢非聲未詳於計切

悊 敬也从心折聲陟列切

悰 樂也从心宗聲藏宗切

恬 安也从心甛省聲徒兼切

恢

美稷保東北水从水南聲乃感切

漹 水出西河中陽北沙南入河从水焉聲乙乾切

涶 河津也在西河西从水垂聲土禾切

⿰氵旟 水也从水旟聲以諸切

洵 過水中也从水旬聲相倫切

涻 水出北嚻山入邙澤从水舍聲始夜切

汈 水也从水刃聲乃見切

淔 水也从水直聲恥力切

淁 水也从水妾聲七接切

涺 水也从水居聲九魚切

湶 水也从水泉聲其冀切

沋 水也从水尤聲羽求切

洇 水也从水因聲於眞切

淉 水也从水果聲古火切

湞 水也从水貞聲讀若瑣穌果切

浝 水也从水尨聲莫江切

⿰氵乳 水也从水乳聲乃后切

汷 水也从水夂聲夂古文終職戎切

洦 淺水也从水百聲匹白切

汘 水也从水千聲倉先切

洍 水也从水𦣞聲詩曰江有洍詳里切

澥 郭澥海之別名也从水解聲一說澥即澥谷也胡買切

漠 北方流沙也一曰清也从水莫聲慕各切

海 天池也以納百川者从水每聲呼改切

溥 大也从水尃聲滂古切

⿰氵闇 水大至也从水闇聲乙感切

洪 洚水也从水共聲戶工切

洚 水不遵道一曰下也从水夅聲戶工切又下江切

衍 水朝宗于海也从水从行以淺切

潮 水朝宗于海从水朝省臣鉉等曰隸書不省直遙切

濥 水脈行地中濥濥也从水寅聲弋刃切

滔 水漫漫大皃从水舀聲土刀切

涓 小流也从水肙聲爾雅曰汝爲涓古元切

混 豐流也从水昆聲胡本切

潒 水潒瀁也从水象聲讀若蕩徒朗切

漦 順流也一曰水名从水𠩺聲俟甾切

汭 水相入也从水从內內亦聲而銳切

潚 深清也从水肅聲子叔切

演 長流也一曰水名从水寅聲以淺切

渙 流散也从水奐聲呼貫切

泌 俠流也从水必聲兵媚切

活 水流聲从水𠯑聲古活切

⿰氵聒 活或从聒

湝 水流湝湝也从水皆聲一曰湝湝寒也詩曰風雨湝湝古諧切

泫 湝流也从水玄聲上黨有泫氏縣胡畎切

淲 水流皃从水彪省聲詩曰淲沱北流皮彪切

淢 疾流也从水或聲子逼切

瀏 流清皃从水劉聲詩曰瀏其清矣力久切

濊 礙流也从水歲聲詩曰施罛濊濊呼括切

滂 沛也从水旁聲臣鉉等曰今俗別作霶霈非是普郎切

汪 深廣也从水㞷聲一曰汪池也烏光切

漻 清深也从水翏聲洛蕭切

泚 清也从水此聲千禮切

況 寒水也从水兄聲許訪切

沖 涌搖也从水中聲讀若動直弓切

汎 浮皃从水凡聲孚梵切

沄 轉流也从水云聲讀若混王分切

浩 澆也从水告聲虞書曰洪水浩浩胡老切

沆 莽沆大水也从水亢聲一曰大澤皃胡朗切

泬 水从孔穴疾出也从水从穴穴亦聲呼穴切

濞 水暴至聲从水鼻聲匹備切

灂 水小聲从水爵聲士角切

潝 水疾聲从水翕聲許及切

滕 水超涌也从水朕聲徒登切

潏 涌出也一曰水中坻人所爲爲潏一曰潏水名在京兆杜陵从水矞聲古穴切

洸 水涌光也从水从光光亦聲詩曰有洸有潰古黃切
波 水涌流也从水皮聲博禾切
澐 江水大波謂之澐从水雲聲王分切
瀾 大波爲瀾从水闌聲洛干切
漣 瀾或从連臣鉉等曰今俗音力延切
淪 小波爲淪从水侖聲詩曰河水清且淪漪一曰沒也力迍切
漂 浮也从水票聲匹消切又匹妙切
浮 氾也从水孚聲縛牟切
濫 氾也从水監聲一曰濡上及下也詩曰觱沸濫泉一曰清也盧瞰切
氾 濫也从水巳聲孚梵切
泓 下深皃从水弘聲烏宏切
湋 回也从水韋聲羽非切
測 深所至也从水則聲初側切
湍 疾瀨也从水耑聲他耑切
淙 水聲也从水宗聲藏宗切
激 水礙衺疾波也从水敫聲一曰半遮也古歷切
洞 疾流也从水同聲徒弄切
潘 大波也从水番聲孚袁切
洶 涌也从水匈聲許拱切
涌 滕也从水甬聲一曰涌水在楚國余隴切
湁 湁湒鬻也从水拾聲丑入切
涳 直流也从水空聲苦江切又哭工切
汋 激水聲也从水勺聲井一有水一無水謂之瀱汋市若切
瀱 井一有水一無水謂之瀱汋从水罽聲居例切
渾 混流聲也从水軍聲一曰洿下皃户昆切
洌 水清也从水列聲易曰井洌寒泉食良辥切
淑 清湛也从水叔聲殊六切
溶 水盛也从水容聲余隴切又音容
澂 清也从水徵省聲臣鉉等曰今俗作澄非是直陵切
清 腺也澂水之皃从水青聲七情切
湜 水清底見也从水是聲詩曰湜湜其止常職切
潣 水流浼浼皃从水閔聲眉殞切
滲 下漉也从水參聲所禁切
潿 不流濁也从水圍聲羽非切
溷 亂也一曰水濁皃从水圂聲胡困切
淈 濁也从水屈聲一曰滒泥一曰水出皃古忽切
漩 回泉也从水旋省聲似沿切
漼 深也从水崔聲詩曰有漼者淵七罪切
淵 回水也从水象形左右岸也中象水皃烏元切
㴱 淵或省水
囦 古文从囗水
濔 滿也从水爾聲奴礼切
澹 水搖也从水詹聲徒濫切
潯 旁深也从水尋聲徐林切
泙 谷也从水平聲符兵切
泏 水皃从水出聲讀若窋竹律切又口兀切
瀳 水至也从水薦聲讀若尊又在甸切
[illegible] 土得水沮也从水[illegible]聲讀若麵竹隻切
滿 盈溢也从水㒼聲莫旱切
滑 利也从水骨聲户八切
濇 不滑也从水嗇聲色立切
澤 光潤也从水睪聲丈伯切
淫 浸淫隨理也从水㸒聲一曰入雨爲淫余箴切
瀸 漬也从水韱聲爾雅曰泉一見一否爲瀸子廉切
泆 水所蕩泆也从水失聲夷質切
潰 漏也从水貴聲胡對切
沴 水不利也从水㐱聲五行傳曰若其沴作郎計切
淺 不深也从水戔聲七衍切
洔 水暫益且止未減也从水寺聲直里切
渻 少減也一曰水門又水出丘前謂之渻丘从水省聲息并切
淖 泥也从水卓聲奴教切
濢 小溼也从水翠聲遵誄切
溽 溼暑也从水辱聲而

蜀切
涅　黑土在水中也从水从土日聲奴結切
滋　益也从水兹聲一曰滋水出牛飲山白陘谷東入呼沱子之切
⿰氵曶　素黑色从水曶聲呼骨切
浥　溼也从水邑聲於及切
沙　水散石也从水从少水少沙見楚東有沙水所加切
⿰氵尐　譚長說沙或从尐尐子結切
瀨　水流沙上也从水賴聲洛帶切
濆　水厓也从水賁聲詩曰敦彼淮濆符分切
涘　水厓也从水矣聲周書曰王出涘牀史切
汻　水厓也从水午聲臣鉉等曰今俗滸非是呼古切
氿　水厓枯土也从水九聲爾雅曰水醮曰氿居洧切
漘　水厓也从水脣聲詩曰寘河之漘常倫切
浦　瀕也从水甫聲滂古切
沚　小渚曰沚从水止聲詩曰于沼于沚諸市切
沸　畢沸濫泉从水弗聲分勿切又方未切
潨　小水入大水曰潨从水从衆詩曰鳧鷖在潨徂紅切
派　別水也从水从𠂢𠂢亦聲匹賣切
汜　水別復入水也一曰汜窮瀆也从水巳聲詩曰江有汜詳里切臣鉉等案前洍字音義同蓋或體也
湀　湀辟深水處也从水癸聲求癸切
濘　滎濘也从水寧聲乃定切
滎　絕小水也从水熒省聲戶扃切
洼　深池也从水圭聲一佳切又於瓜切
漥　清水也一曰窊也从水窐聲一穎切又屋瓜切
潢　積水池从水黃聲乎光切
沼　池水从水召聲之少切
湖　大陂也从水胡聲揚州浸有五湖浸川澤所仰以灌溉也戶吳切
汥　水都也从水支聲章移切
洫　十里為成成閒廣八尺深八尺謂之洫从水血聲論語曰盡力于溝洫況逼切
溝　水瀆廣四尺深四尺从水冓聲古侯切
瀆　溝也从水賣聲一曰邑中溝徒谷切
渠　水所居从水榘省聲彊魚切
瀶　谷也从水臨聲讀若林一曰寒也力尋切
湄　水艸交為湄从水眉聲武悲切
洐　溝水行也从水从行戶庚切
澗　山夾水也从水閒聲一曰澗水出宏農新安東南入洛古莧切
澳　隈厓也其內曰澳其外曰隈从水奥聲於六切
澩　夏有水冬無水曰澩从水學省聲讀若學胡角切
⿰氵學　澩或不省
灘　水濡而乾也从水鷬聲詩曰灘其乾矣呼旰切又它干切
灘　俗灘从隹
汕　魚游水皃从水山聲詩曰蒸然汕汕所晏切
決　行流也从水从夬廬江有決水出於大別山古穴切
灓　漏流也从水䜌聲洛官切
滴　水注也从水啻聲都歷切
注　灌也从水主聲之戍切
沃　溉灌也从水芺聲烏鵠切
⿰氵昔　所以攤水也从水昔聲漢律曰及其門首洒⿰氵昔所責切
澨　埤增水邊土人所止者从水筮聲夏書曰過三澨時制切
津　水渡也从水𦘔聲將鄰切
⿰舟淮　古文津从舟从淮
淜　無舟渡河也从水朋聲皮冰切
⿰氵橫　水津也从水橫聲一曰以船渡也戶孟切
泭　編木以渡也从水付聲芳無切
渡　濟也从水度聲徒故切
沿　緣水而下也从水㕣聲春秋傳曰王沿夏与專切
泝　逆流而上曰泝洄泝向也水欲下違之而上也从水㡯聲桑故切
遡　泝或从朔
洄　泝洄也从水从回戶

……灰切

泳 潛行水中也从水永聲爲命切

潛 涉水也一曰藏也一曰漢水爲潛从水朁聲昨鹽切

淦 水入船中也一曰泥也从水金聲古暗切

汵 淦或从今

泛 浮也从水乏聲孚梵切

汓 浮行水上也从水从子古或以汓爲沒似由切

泅 汓或从囚聲

砅 履石渡水也从水从石詩曰深則砅力制切

濿 砅或从厲

湊 水上人所會也从水奏聲倉奏切

湛 沒也从水甚聲一曰湛水豫章浸宅減切

𣹢 古文

湮 沒也从水垔聲於眞切

氼 沒也从水从人奴歷切

沒 沈也从水从𠬛莫勃切

渨 沒也从水畏聲烏恢切

滃 雲气起也从水翁聲烏孔切

泱 滃也从水央聲於良切

淒 雲雨起也从水妻聲詩曰有渰淒淒七稽切

渰 雲雨皃从水弇聲衣檢切

溟 小雨溟溟也从水冥聲莫經切

洓 小雨零皃从水束聲所責切

瀑 疾雨也一曰沫也一曰瀑霣也从水暴聲詩曰終風且瀑平到切

澍 時雨澍生萬物从水尌聲常句切

湒 雨下也从水咠聲一曰沸涌皃姊入切

澬 久雨涔資也一曰水名从水資聲才私切又即夷切

潦 雨水大皃从水尞聲盧皓切

濩 雨流霤下从水蒦聲胡郭切

涿 流下滴也从水豖聲上谷有涿縣竹角切

𣵿 奇字涿从日乙

瀧 雨瀧瀧皃从水龍聲力公切

渿 沛之也从水柰聲奴帶切

滈 久雨也从水高聲乎老切

漊 雨漊漊也从水婁聲一曰汝南謂飲酒習之不醉爲漊力主切

𣿅 小雨也从水微省聲無非切

濛 微雨也从水蒙聲莫紅切

沈 陵上滈水也从水冘聲一曰濁黕也臣鉉等曰今俗別作沉冗不成字非是直深切又尸甚切

洅 雷震洅洅也从水再聲作代切

淊 泥水淊淊也一曰繅絲湯也从水臽聲胡感切

涵 水澤多也从水圅聲詩曰僭始既涵胡男切

洳 漸溼也从水挐聲人庶切

瀀 澤多也从水憂聲詩曰既瀀既渥於求切

涔 潰也一曰涔陽渚在郢中从水岑聲鉏箴切

漬 漚也从水責聲前智切

漚 久漬也从水區聲烏候切

浞 濡也从水足聲士角切

渥 霑也从水屋聲於角切

漼 灌也从水隺聲口角切又公沃切

洽 霑也从水合聲侯夾切

濃 露多也从水農聲詩曰零露濃濃女容切

瀌 雨雪瀌瀌从水麃聲甫嬌切

溓 薄水也一曰中絕小水从水兼聲力鹽切

泐 水石之理也从水从防周禮曰石有時而泐徐鍇曰言石因其脈理而解裂也盧則切

滯 凝也从水帶聲直例切

汦 著止也从水氏聲直尼切

澌 水索也从水斯聲息移切

汔 水涸也或曰泣下从水气聲詩曰汔可小康許訖切

涸 渴也从水固聲讀若狐貈之貈下各切

𣶶 涸亦从水鹵舟

消 盡也从水肖聲相幺切

潐 盡也从水焦聲子肖切

渴 盡也从水曷聲苦葛切

漮 水虛也从水康聲苦岡切

溼 幽溼也从水一所以覆也覆而有土故溼也㬎省聲失入切

湆 幽溼……

也从水音聲去急切

洿 濁水不流也一曰窊下也从水夸聲哀都切

浼 汙也从水免聲詩曰河水浼浼孟子曰汝安能浼我武辠切

汙 薉也一曰小池爲汙一曰涂也从水于聲烏故切

湫 隘下也一曰有湫水在周地春秋傳曰晏子之宅湫隘安定朝那有湫泉从水秋聲子了切又即由切

潤 水曰潤下从水閏聲如順切

準 平也从水隼聲之允切

汀 平也从水丁聲他丁切

𣲷 汀或从平

沑 水吏也又温也从水丑聲人九切

瀵 水浸也从水糞聲爾雅曰瀵大出尾下方問切

滜 新也从水臯聲七皐切

瀞 無垢薉也从水靜聲疾正切

瀎 拭滅皃从水蔑聲莫達切

泧 瀎泧也从水戌聲讀若椒榝之榝又火活切

洎 灌釜也从水自聲其冀切

湯 熱水也从水昜聲土郎切

渜 湯也从水耎聲乃管切

洝 渜水也从水安聲烏旰切

洏 洝也一曰煮熟也从水而聲如之切

涗 財温水也从水兑聲周禮曰以涗漚其絲輸芮切

涫 灊也从水官聲酒泉有樂涫縣古丸切

涾 涫溢也今河朔方言謂沸溢爲涾从水沓聲徒合切

汏 淅瀾也从水大聲代何切又徒蓋切

澗 淅也从水簡聲古限切

淅 汏米也从水析聲先擊切

滰 浚乾漬米也从水竟聲孟子曰夫子去齊滰淅而行其兩切

溲 浸沃也从水叜聲疏有切

浚 杼也从水夋聲私閏切

瀝 浚也从水歷聲一曰水下滴瀝郎擊切

漉 浚也从水鹿聲盧谷切

淥 漉或从录

潘 淅米汁也一曰水名在河南滎陽从水番聲普官切

灡 潘也从水蘭聲洛干切

泔 周謂潘曰泔从水甘聲古三切

滫 久泔也从水脩聲息流切又思酒切

澱 滓滋也从水殿聲堂練切

淤 澱滓濁泥从水於聲依據切

滓 澱也从水宰聲阻史切

淰 濁也从水念聲乃忝切

瀹 漬也从水龠聲以灼切

⿱罒潐 釃酒也一曰浚也从网从水焦聲讀若夏書天用勦絕臣鉉等曰以縑帛漉酒故从网子小切

漀 側出泉也从水殸聲殸籒文磬字去挺切

湑 莤酒也一曰浚也一曰露皃从水胥聲詩曰有酒湑我又曰零露湑兮私吕切

湎 沈於酒也从水面聲周書曰罔敢湎于酒彌兖切

漿 酢𩚏也从水將省聲即良切

𣲓 古文𩚏省

涼 薄也从水京聲吕張切

淡 薄味也从水炎聲徒敢切

涒 食已而復吐之从水君聲爾雅曰太歲在申曰涒灘他昆切

澆 渶也从水堯聲古堯切

液 𦘔也从水夜聲羊益切

汁 液也从水十聲之入切

滒 多汁也从水哥聲讀若哥古俄切

灝 豆汁也从水顥聲乎老切

溢 器滿也从水益聲夷質切

洒 滌也从水西聲古文爲灑埽字先礼切

滌 洒也从水條聲徒歷切

濈 和也从水戢聲阻立切

瀋 汁也从水審聲春秋傳曰猶拾瀋也昌枕切

渳 飲也从水弭聲緜婢切

⿰氵算 飲歃也一曰吮也从水算聲衫洽切又先活切

漱 盪口也从水敕聲所右切

泂 滄也从水同聲户褧切

滄 寒也从水倉聲七岡切
瀞 冷寒也从水靚聲七定切
淬 滅火器也从水卒聲七内切
沐 濯髮也从水木聲莫卜切
沬 洒面也从水未聲荒内切
湏 古文沬从頁
浴 洒身也从水谷聲余蜀切
澡 洒手也从水喿聲子皓切
洗 洒足也从水先聲穌典切
汲 引水於井也从水从及及亦聲居立切
淳 渌也从水享聲常倫切
淋 以水沃也从水林聲一曰淋淋山下水皃力尋切
渫 除去也从水枼聲私列切
瀚 濯衣垢也从水榦聲胡玩切
浣 瀚或从完
濯 瀚也从水翟聲直角切
涑 瀚也从水束聲河東有涑水速侯切
潎 於水中擊絮也从水敝聲匹蔽切
浝 涂也从水从土尨聲讀若隴又亡江切
灑 汛也从水麗聲山豉切
汛 灑也从水凡聲息晉切
染 以繒染爲色从水杂聲徐鍇曰說文無杂字裴光遠云从木木者所以染梔茜之屬也从九九者染之數也未知其審而琰切
泰 滑也从廾从水大聲他蓋切臣鉉等曰本音他達切今左氏傳作汏輈非切
夳 古文泰
㶏 海岱之閒謂相汙曰㶏从水閻聲余廉切
灒 汙灑也一曰水中人从水贊聲則旰切
⿰氵愁 腹中有水气也从水从愁愁亦聲士尤切
湩 乳汁也从水重聲多貢切
洟 鼻液也从水夷聲他計切
潸 涕流皃从水散省聲詩曰潸焉出涕所姦切
汗 人液也从水干聲侯旰切
泣 無聲出涕曰泣从水立聲去急切

涕 泣也从水弟聲他禮切
湅 瀾也从水柬聲郎甸切
讞 議辠也从水獻與法同意魚列切
渝 變汙也从水俞聲一曰渝水在遼西臨俞東出塞羊朱切
減 損也从水咸聲古斬切
滅 盡也从水威聲亡列切
漕 水轉轂也一曰人之所乘及船也从水曹聲在到切
泮 諸侯鄉射之宮西南爲水東北爲牆从水从半半亦聲普半切
漏 以銅受水刻節晝夜百刻从水屚聲盧后切
澒 丹沙所化爲水銀也从水項聲呼孔切
萍 苹也水艸也从水苹苹亦聲薄經切
濊 水多皃从水歲聲呼會切
汩 治水也从水曰聲于筆切

文四百六十八　重二十三

瀼 露濃皃从水襄聲汝羊切
漙 露皃从水專聲度官切
汍 泣淚皃从水丸聲胡官切
泯 滅也从水民聲武盡切
瀣 沆瀣气也从水䪥省聲胡介切
瀘 水名从水盧聲洛乎切
瀟 水名从水蕭聲相邀切
瀛 水名从水嬴聲以成切
滁 水名从水除聲直魚切
洺 水名从水名聲武并切
潺 水名从水孱聲昨閑切
湲 潺湲水聲从水爰聲王權切
濤 大波也从水壽聲徒刀切
漵 水浦也从水敘聲徐吕切
港 水派也从水巷聲古項切
瀦 水所亭也从水豬聲

陟魚切

瀰 大水也从水镾聲武移切

淼 大水也从三水或作渺亡沼切

潔 瀞也从水絜聲古屑切

浹 洽也从也从水夾聲子協切

溘 奄忽也从水盍聲口荅切

潠 含水噴也从水巽聲穌困切

涯 水邊也从水从厓厓亦聲魚羈切

文二十三 新附

說文解字弟十一上

說文解字弟十一下　漢太尉祭酒許慎記

銀青光祿大夫守右散騎常侍上柱國東海縣開國子食邑五百户臣徐鉉等奉
敕校定

林　二水也闕凡林之屬皆从林 之壘切
𣶒　水行也从林㐬㐬突忽也力求切　流　篆文从水
𣥠　徒行厲水也从林从步時攝切　涉　篆文从水
文三　重二

頻　水厓人所賓附頻蹙不前而止从頁从涉凡頻之屬皆从頻 臣鉉等曰今俗別作水濱非是符真切
顰　涉水顰蹙从頻卑聲符真切
文二

く　水小流也周禮匠人爲溝洫相廣五寸二相爲耦一耦之伐廣尺深尺謂之く倍く謂之遂倍遂曰溝倍溝曰洫倍洫曰巜凡く之屬皆从く 姑泫切
甽　文く从田从川　畎　篆文く从田犬聲六畎爲一畝
文一　重二

巜　水流澮澮也方百里爲巜廣二尋深二仞凡巜之屬皆从巜 古外切
粼　水生厓石間粼粼也从巜粦聲力珍切
文二

川　貫穿通流水也虞書曰濬く巜距川言深く巜之水會爲川也凡川之屬皆从川 昌緣切
巠　水脈也从川在一下一地也壬省聲一曰水冥巠也古靈切　坙　古文巠不省
巟　水廣也从川亡聲易曰包巟用馮河呼光切

容 古文容

仌 凍也 象水凝之形 凡仌之屬皆从仌

文十七 重二

凡雨之屬皆从雨 王矩切

雨 水从雲下也 一象天 冂象雲 水霝其間也

說文十一下

三

廉切

霑 雨雺也从雨沾聲張廉切

𩃶 濡也从雨染聲而玉切

霤 屋水流也从雨留聲力救切

屚 屋穿水下也从雨在尸下尸者屋也盧后切

䨣 雨濡革也从雨从革讀若膊匹各切

霽 雨止也从雨齊聲子計切

霋 霽謂之霋从雨妻聲七稽切

霩 雨止雲罷皃从雨郭聲臣鉉等曰今別作廓非是苦郭切

露 潤澤也从雨路聲洛故切

霜 喪也成物者从雨相聲所莊切

霚 地气發天不應从雨敄聲臣鉉等曰今俗从務亡遇切

雺 籀文省

霾 風雨土也从雨貍聲詩曰終風且霾莫皆切

霿 天气下地不應曰霿霿晦也从雨瞀聲莫弄切

霓 屈虹青赤或白色陰气也从雨兒聲五雞切

䨢 寒也从雨執聲或曰早霜讀若春秋傳墊阨都念切

雩 夏祭樂于赤帝以祈甘雨也从雨于聲羽俱切

𦏸 或从羽雩羽舞也

需 頦也遇雨不進止頦也从雨而聲易曰雲上於天需臣鉉等案李陽冰據易雲上於天云當从天然諸本及前作所書皆从而無有从天者相俞切

䨞 水音也从雨羽聲王矩切

文四十七　重十一

霞 赤雲气也从雨段聲胡加切

霏 雨雪皃从雨非聲芳非切

霎 小雨也从雨妾聲山洽切

䨴 黮䨴雲黑皃从雨對聲徒對切

靄 雲皃从雨藹省聲於蓋切

文五　新附

雲 山川气也从雨云象雲回轉形凡雲之屬皆从雲王分切

云 古文省雨

𠃩 亦古文雲

霒 雲覆日也从雲今聲於今切

侌 古文或省

㐆 亦古文霒

文二　重四

魚 水蟲也象形魚尾與燕尾相似凡魚之屬皆从魚語居切

鰖 魚子已生者从魚憜省聲徒果切

𩺰 籀文

鮞 魚子也一曰魚之美者東海之鮞从魚而聲讀若而如之切

魼 魚也从魚去聲去魚切

魶 魚似鼈無甲有尾無足口在腹下从魚納聲奴荅切

鰨 虛鰨也从魚𦐧聲土盍切

鱒 赤目魚从魚尊聲慈損切

鱗 魚也从魚粦聲力珍切

鰫 魚也从魚容聲余封切

䱬 魚也从魚胥聲相居切

鮪 鮥也周禮春獻王鮪从魚有聲榮美切

䱝 鮪也周禮謂之䱝从魚恒聲古恒切

鯍 䱝鯍也从魚巟聲武登切

鮥 叔鮪也从

魚各聲盧各切鯀魚也从魚系聲臣鉉等曰系非聲疑从孫省古本切鰥魚也从魚眔聲李陽冰曰當从罤省古頑切

鯉鱣也从魚里聲良止切鱣鯉也从魚亶聲張連切𩻮籀文鱣鱄魚也从魚專聲旨兖切鮦

魚名从魚同聲一曰鱶也讀若絝襱直隴切鱶鮦也从魚蠡聲盧啓切⿰魚婁魚名一名鯉一名鰜从魚婁聲洛侯切鰜

魚名从魚兼聲古甛切鯈魚名从魚攸聲直由切⿰魚豆魚名从魚豆聲天口切鯾魚名从魚便聲房連切

鯿鯾又从扁魴赤尾魚从魚方聲符方切鰟魴或从旁鱮魚名从魚與聲徐呂切鰱魚名从魚連聲力延

切鮍魚名从魚皮聲敷羈切⿰魚幼魚名从魚幼聲讀若幽於糾切鮒魚名从魚付聲符遇切⿰魚巠魚名从魚巠聲

仇成切鰿魚名从魚脊聲資昔切鱺魚名从魚麗聲郎兮切鰻魚名从魚曼聲母官切鱯魚名从魚蒦聲

胡化切魾大鱯也其小者名鮡从魚丕聲敷悲切鱧鱯也从魚豊聲盧啓切⿰魚果鱧也从魚果聲胡瓦切鱨揚也

从魚嘗聲市羊切鱏魚名从魚覃聲傳曰伯牙鼓琴鱏魚出聽余箴切鯢刺魚也从魚兒聲五雞切鰼鰌也从魚習聲

似入切鰌鰼也从魚酋聲七由切鯇魚名从魚完聲户版切魠哆口魚也从魚乇聲他各切鮆飲而不食刀魚

也九江有之从魚此聲徂礼切鮀鮎也从魚它聲徒何切鮎鰋也从魚占聲奴兼切鰋鮀也从魚妟聲於幰切鰋

鰋或从匽鮷大鮎也从魚弟聲杜兮切⿰魚賴魚名从魚賴聲洛帶切⿰魚朁魚名从魚朁聲鉏箴切⿰魚翁魚名从魚翁聲

烏紅切⿰魚臽魚名从魚臽聲户賺切鱖魚名从魚厥聲居衛切鯫白魚也从魚取聲士垢切鱓魚名皮可爲鼓从魚單聲

常演切鮸魚名出薉邪頭國从魚免聲亡辨切魵魚名出薉邪頭國从魚分聲符分切⿰魚虜魚名出樂浪潘國从魚虜聲郎古切

鰸魚名狀似蝦無足長寸大如叉股出遼東从魚區聲豈俱切鯜魚名出樂浪潘國从魚妾聲七接切⿰魚巿魚名出樂浪潘國从魚巿

聲博蓋切⿰魚匊魚名出樂浪潘國从魚匊聲一曰鮑魚出江東有兩乳居六切魦魚名出樂浪潘國从魚沙省聲所加切

鱳魚名出樂浪潘國从魚樂聲盧谷切鮮魚名出貉國从魚羴省聲相然切鰅魚名皮有文出樂浪東暆神爵四年初捕

收輸考工周成王時揚州獻鰅从魚禺聲魚容切鱅魚名从魚庸聲蜀容切鰂烏鰂魚名从魚則聲昨則切鯽鰂或从即

鮐海魚名从魚台聲徒哀切鮊海魚名从魚白聲旁陌切鰒海魚名从魚复聲蒲角切鮫海魚皮可飾刀从魚

交聲古肴切⿰魚畺海大魚也从魚畺聲春秋傳曰取其⿰魚畺鯢渠京切鯨⿰魚畺或从京鯁魚骨也从魚更聲古杏切

鱗 魚甲也从魚粦聲力珍切

鮏 魚臭也从魚生聲臣鉉等曰今俗作鯹桑經切

鱢 鮏臭也从魚喿聲周禮曰膳膏鱢穌遭切

鮨 魚脂醬也出蜀中从魚旨聲一曰鮪魚名旨夷切

鮺 藏魚也南方謂之魿北方謂之鮺从魚差省聲側下切

䲅 鮺也一曰大魚爲鮺小魚爲䲅从魚今聲徂慘切

鮑 饐魚也从魚包聲薄巧切

魿 蟲連行紆行者从魚令聲郎丁切

鰕 魵也从魚叚聲乎加切

鰝 大鰕也从魚高聲胡到切

鯦 當互也从魚咎聲其久切

魧 大貝也一曰魚膏从魚亢聲讀若岡古郎切

鮩 蚌也从魚丙聲兵永切

鮚 蚌也从魚吉聲漢律會稽郡獻鮚醬巨乙切

鮅 魚名从魚必聲毗必切

⿰魚瞿 魚名从魚瞿聲九遇切

鯸 魚名从魚侯聲乎鉤切

鯛 骨耑脃也从魚周聲都僚切

䲘 烝然䲘䲘从魚卓聲都教切

鮁 鱣鮪鮁鮁从魚犮聲北末切

⿰魚夫 鯕魚出東萊从魚夫聲甫無切

鯕 魚名从魚其聲渠之切

鮡 魚名从魚兆聲治小切

⿰魚七 魚名从魚七聲呼跨切

鱻 新魚精也从三魚不變魚徐鍇曰三衆也衆而不變是鱻也相然切

文一百三 重七

鰈 比目魚也从魚枼聲土盍切

魮 文魮魚名从魚比聲房脂切

鰩 文鰩魚名从魚䍃聲余招切

文三 新附

𩺰 二魚也凡𩺰之屬皆从𩺰語居切

瀏 捕魚也从𩺰从水語居切

漁 篆文瀏从魚

文二 重一

燕 元鳥也籋口布翄枝尾象形凡燕之屬皆从燕於甸切

文一

龍 鱗蟲之長能幽能明能細能巨能短能長春分而登天秋分而潛淵从肉飛之形童省聲臣鉉等曰象宛轉飛動之皃凡龍之屬皆从龍力鍾切

龗 龍也从龍霝聲郎丁切

龕 龍皃从龍合聲口含切

䶬 龍耆脊上䶬䶬从龍幵聲古賢切

龖 飛龍也从二龍讀若沓徒合切

文五

飛 鳥翥也象形凡飛之屬皆从飛甫微切

翄也从飛異聲与職切　篆文䨿从羽

文二　重一

違也从飛下翄取其相背凡非之屬皆从非甫微切

别也从非己聲非尾切　披靡也从非麻聲文彼切　相違也从非告聲苦到切　牢也所以拘非也从非陛省聲邊兮切

文五

疾飛也从飛而羽不見凡卂之屬皆从卂息晉切

回疾也从卂營省聲渠營切

文二

説文解字第十一下